炙热星空下孤寂的灵魂

凡·高书信选

〔荷〕凡·高 著

刘永安 编译

北方联合出版传媒(集团)股份有限公司

万卷出版公司

© 凡·高 刘永安 2018

图书在版编目（CIP）数据

炙热星空下孤寂的灵魂：凡·高书信选 / （荷）凡
·高著；刘永安编译. — 沈阳：万卷出版公司，
2018.11

ISBN 978-7-5470-5057-6

Ⅰ．①炙… Ⅱ．①凡…②刘… Ⅲ．①凡高（Van
Gogh, Vincent 1853-1890）—书信集 Ⅳ.①K835.635.72

中国版本图书馆CIP数据核字（2018）第209926号

出 品 人：刘一秀
出版发行：北方联合出版传媒（集团）股份有限公司
　　　　　万卷出版公司
　　　　　（地址：沈阳市和平区十一纬路25号　邮编：110003）
印 刷 者：辽宁新华印务有限公司
经 销 者：全国新华书店
幅面尺寸：130mm×210mm
字　　数：200千字
印　　张：9.5
出版时间：2018年11月第1版
印刷时间：2018年11月第1次印刷
责任编辑：赵新楠
责任校对：佟可竟
装帧设计：张　莹
ISBN 978-7-5470-5057-6
定　　价：48.00元
联系电话：024-23284090
传　　真：024-23284448

写在前面的话

文森特·威廉·凡·高（1853—1890），荷兰后期印象画派代表人物，是19世纪人类杰出的艺术家之一。他出生于新教牧师家庭，是后印象主义的先驱，并深深地影响了20世纪艺术，尤其是野兽派与表现主义。

凡·高的生命只有37年，但他的画家生涯却是从他27岁（1880年）时才开始。这时，他开始信仰基督教，并且真正走上了创作的道路。

在创作早期，他主要以灰暗色系进行创作，尤其喜爱深褐色。他曾向当时担任艺术经纪的弟弟提奥抱怨画作销量不好。提奥反驳说因为他的作品色彩太深沉，与当时巴黎流行的印象派风潮不符。直到搬往巴黎（1886年至1887年）与弟弟同住，并相继接触了真正的印象派画家们，凡·高的画风才渐渐被影响，被改变。

也正是与提奥同住巴黎的这两年，才使得凡·高有机会结识诸如高更、贝尔纳等印象派画家，并受到东方艺术特别是日本浮世绘的影响，形成了独特的个人艺术风格，创作出许多洋溢着生活激情、富于人道主义精神的作品，表现了自己心中的苦闷、哀伤、同情和希望。

在生命的最后，他从巴黎前往法国南部—— 阿尔勒（*Arles*）、圣雷米（*Saint-Rémy-de-Provence*）、奥维（*Auvers-sur-Oise*）等地，那里迷人的风景、光线、颜色、人物都令他着迷，因此相继创作《向日葵》《麦田乌鸦》等传世名作——虽然这一时期他正饱受精神疾病的困扰。

本书所选书信，时间主要集中在凡·高生命的最后10年，即1880年7月至1890年7月。这10年，是他创作的巅峰。10年间，他画出了大约900幅油画、1100幅素描。从这一封封书信里，我们得以了解到一个存在于画作之外的凡·高。从他信中对生活的感叹、对自然的赞美、对艺术的追求以及对性情的袒露中，我们也能浅窥出那个时代的艺术灵光。

目 录

博里纳日

1880.7—1880.10

博里纳日，1880年8月20日

亲爱的提奥：

　　我如果没有猜错的话，你应该还保留有米勒①的《田间劳作》（*Les Travauxdes Champs*）。你能不能借给我几天时间，把它们邮寄给我呢？

　　我必须要告诉你的是我正忙着效仿米勒的大幅作品，现在我已经完成了《一天中的四小时》和《播种者》（图001）。好吧，如果你看到它们，你或许并不会对它们很满意。如果你现在把《田间劳作》寄给我，你可能还会再附上米勒、布雷东②、佩林等人的画作，但是不要特意去买，只把你手里现有的那些画寄来给我就行了。

　　尽可能把你所有的画寄给我吧，不要以我为念。如果我只能继续我的绘画工作，无论如何我都会重新振作起来。如果你最近来荷兰旅行，我希望你务必要经过这里来看看我的这些素描。

　　我给你写信的时候正忙着画画，我得赶紧回去完成它，所以晚安了，请尽快把那些画寄给我，相信我。

文森特

随信附上邮寄地址

杜帕维隆街3号，库斯蒙斯

查尔斯收

（*C/o Charles Decrucq，Ruedu Pavillon3，Cuesmes*）

我复制了米勒的《一天中的四小时》，大小相当于《绘画课程》那本书的一页。即便我不告诉你，你也会明白我想要什么，但我还是会告诉你，这样你就会知道我的真实想法了。

它是对诸如米勒的《挖掘者》，或者他的《簸谷者》之后石版画的人物，以及对布里翁、弗莱、费恩–佩兰或朱尔·布雷东作品的人物的特别研究。我想你可能会在艺术联盟找到我想要的东西，在那里他们廉价出售当代艺术家的版画作品。我最喜欢的一幅画是在勒伊斯达尔之后的大蚀刻版画《灌木丛》，在卢浮宫的雕刻凹版画陈列室里售卖。

我画了一幅素描，画的是矿工，男男女女正迎着清晨的光辉走在雪中，路边长满荆棘，他们的影子在黎明的暗光中若隐若现。画的背景是矿井的大型建筑物和大片的煤渣堆，它们模糊地屹立在苍穹之下。我送给你一张草图，所以你可以看到它是什么样的。我深感去学习大师们人物画法的必要性，比如米勒、布雷东、布里翁、鲍顿，或者其他人。你认为他们的素描怎么样？我这个主意怎么样？

如果我没有记错的话，在宾厄姆的照片中，有一幅画是在日落时，在红色的天空映衬下的黑色轮廓。这些就是我想要研究的东西。这是因为我认为你更愿意看到我做一些好的工作，而不是我在这个问题上给你写的任何东西，这或许是修复我们之间的友好关系的原因，并使我们互相有一些联系。

我很想再画一遍，会比现在更好。在我已经画过的一幅画中，从现状来看，这些人物可能有10厘米高。下面与人物垂直的阴影表示矿工们归来的路，但结果却不是那么好。这是一件非常困难的事情，因为棕色的剪影在日落时被灯光照射到斑驳的天空中。

如果你可以并且愿意，请把我的《务农》寄回来。我给特斯提格③先生写了个便条，问他是否能让我有机会，通过巴格的《炭笔画帖》认真练习技法，你知道的，也就是对裸体的研究。我不知道他是否会寄来，倘若他不愿意，你能帮我说句话吗？对我而言，木炭练习是很必要的。不过，也许他至少会帮我送几张纸，如果不是全部的话。

随信附上矿工的示意图。

【注释】

①米勒（Jean-François Millet，1814—1875），法国画家，以写实描绘农村生活著称。在凡·高早期创作生涯中，米勒是他重要的灵

感来源。

②布雷东（*Jules Breton*，1827—1906），法国现实主义画家、诗人、评论家。

③特斯提格（*Tersteeg*），画商，也是海牙美术学校的创始人。凡·高早年曾希望得到他指点，但没有得到正面的认可。

博里纳日，1880年9月24日

亲爱的提奥：

很高兴看到你的来信，并且谢谢你用自己的方式给我回信。

新的蚀刻版画和图画选集刚刚收到。我首先想说的是精湛的蚀刻版画，杜比尼①与勒伊斯达尔②的《灌木丛》。真的！我打算画两幅作品，在上面涂上油墨或其他的东西，一幅是以刚才所说的蚀刻版画为模型的画，另一幅是卢梭的《荒野上的熔炉》。事实上，我已经完成了后一幅画。如果你拿它与杜比尼的蚀刻版画对比，你会发现两者相差不大，尽管从色调和情感上来讲，我的这幅画在着色时有悖于原画。

我依然在巴格尔的绘画学校学习，我必须先完成这个学习任务，才能去做别的事情。现在我的手和脑日渐灵活，感情也越来越强烈，我对特斯提格先生无比感激，感谢他好心把这些模型借给我，它们非常出色。同时，我正在阅读一本关于解剖学和透视解剖学的书，这也是特斯提格先生借给我的。如你所知，学习这些让我感到非常吃力，有时候觉得这些书非常乏味，但我知道学习它们对我有好处。

现在你明白我学习有多疯狂，但就目前来看结果不算太好，但我那时候希望最终会有好的结果。这些看似徒劳的努力并不重要，就像分娩的阵痛，开始的时候是痛苦，然后就会收获幸福。

你提到勒索尔，我还记得他那金色色调的水彩风景画非常雅致。画中粗笔的释放与简单的勾画形成了精致的对比，又稍微有一些装饰的效果（这并不是说不好，相反的，让人感到很愉快）。虽然我对他的作品所知甚少，可我也并非一无所知。

我非常钦佩维克多·雨果的肖像画，这幅画是很认真完成的，它明显的意图就是真实的描绘，毫无歪曲。它的精确性让人印象深刻。

去年冬天我在钻研雨果的中篇小说集《死囚末日记》，这是一本很好的书。我与这个作家结识已久，他与伦勃朗一样伟大。莎士比亚等同于查尔斯·狄更斯或维克多·雨果，勒伊斯达尔等同于杜比尼，伦勃朗等同于米勒。

你在信中提到了巴比松，这确实是真的，而且我可以跟你说一两件事来证明我与你持相同的观点。我从未去过巴比松，尽管如此，但去年冬天我去了库里耶尔。我徒步旅行加莱海峡——它不是英国海峡但属于那个地区。我原本希望在那里找个工作后再进行这次旅行的，如果可能的话——我会接受任何事情——尽管我也说不好理由。但是我告诉自己，你必须去看看库里耶尔。当时我的口袋里只有10法郎③，因为我坐的是火车，我这次行程用了整整一个星期，这是一次让人疲惫的旅行。无论如何，我看到了库里耶尔和朱尔·布雷东画室的外观。这个画室的外观有点让人失望，因为这是一个崭新的画室，一个最近修建成的、有规律的砖石建筑，不友好、冰冷如卫理公会的规章，有些令人反感。"基于同样的原因，我也不喜欢。"如果我能进去看看里面的东西，我很确信我会进一步考虑外观的事情，但是你在那里，没那么做。我没有看到画室内部，因为我没有勇气作自我介绍然后走进去。在库里耶尔的其他地方，我寻找朱尔·布雷东或其他画家的踪迹。我能找到的就只有一张关于他的肖像和一幅《提香的葬礼》仿品，在一个摄影师那里找到的，它们放在老教堂的一个角落里，对我来说，这幅画的暗色与熟练的着色技巧让它看起来非常美。这是他画的吗？我不确定，因为我辨认不清他的签名。

我没有找到任何在世画家的痕迹，只是发现了一家叫作美术馆咖啡屋的咖啡屋——也是新建成，如石块般冰冷、不友好，有着令人厌恶的砖块。咖啡屋的墙上装饰着一种壁画，题材取自杰出的骑士堂吉诃德的生活片段。说真的，这些壁画看起来就是一种可怜的安慰，在当时都算是相当贫乏的，我不知道是谁画的它们。

但无论如何，我看到了库里耶尔的乡村景色，那些干草堆、棕色的农田、有沼泽的泥土，几乎都是咖啡色的（沼泽的土壤显现出白色的斑点），这对于看惯了黑色土壤的我来说有些不寻常。与博里纳日烟雾弥漫、迷雾蒙蒙的天空相比，法国的天空看起来更美好、更明亮。更重要的是，这里的农场和谷仓，上帝保佑，依然保留着长满苔藓的茅草屋顶。我还看到了成群的乌鸦，就像是杜比尼和米勒的著名画作中那样。还有一点没有提到，我应该在第一时间做的，这里的人，工人、挖掘机工、樵夫，行为举止都很有特点，农场工人满怀激情地开着他的车，还有一个戴着白色帽子的女人的剪影。尽管在库里耶尔也有煤矿或开采黄金的矿井，但这里不像博里纳日，没有穿着男人衣服的女工人，只是煤矿工人看起来很疲惫，皮肤黝黑、满身煤尘，穿着破烂的工人制服，其中有一个人还穿着一身旧军服。

尽管这趟旅行几乎要杀了我，在旅行结束归来时已经疲惫不堪，双脚快要瘫痪，心情或多或少地有些低落，但我并不后悔，因为我看到了一些有趣的事情并经历了可怕的苦难，这些能教会你通过不同的眼光看待事物。

我在这次旅途中赚了一些钱，用我包里的图片或一两张素描与别人交换来的。但是当我用尽了身上的10法郎后的三个晚上，我都露宿街头。有一次住在一个纯白的废弃马车里，到了第二天早上，马车上盖满了白霜。还有一次睡在一堆柴火上，当然这还是住得最好的一次。还有一次，情况稍微得到改善，睡在干草堆里，我成功地让自己能在一个稍微舒适的隐蔽处休息，尽管蒙蒙的细雨并没有让我感觉很享受。

然而，正是在痛苦的深渊里，我觉得我的精力得以恢复。我告诉自己，我一定要克服它，我将用我的铅笔继续工作，虽然它在我极度沮丧时被扔掉了，我还要重新绘画，从那时起，我就感觉一切都改变了。现在的我步伐稳健，我的铅笔运用得更加自如，并且一天比一天画得多。过度强烈的痛苦让我失去了太多的勇气，以致让我无法做任何事情。

在这次旅途中，我还看到了别的东西——织工的村庄。

矿工和织工以他们的方式形成了一个族群，有别于其他工人和工匠。我不知为何就很同情他们，如果我有一天能将他们画出来，那么我该是多么幸运啊，因为他们还尚未被人认知，或者说是几乎不为人所知，但是他们这一类人终将会被带进人们的视野，走向光明的前景。

如果一个人来自深渊，那么他就是矿工。如果一个人神情恍惚，像是做白日梦，像一个梦游者，那么他就是织工。我已经在他们中间生活了快两年，对他们的特殊性格有了一定的了解，尤其是从那些矿工身上。逐渐地我发现，这些贫穷的、地位卑微的工人身上，有一种令人感动，甚至是同情的东西，因为人们可能普遍认为他们的说话方式是最低俗的，也是最令人鄙视的，所以他们被认为是一群无赖和恶棍，但这是毫无根据且不准确的推测。无赖、酒鬼和恶棍这里也有，这是肯定的，跟其他地方一样，但真正代表这里的人并不是那样的。

你在信中隐约提到我迟早要去巴黎或巴黎近郊，如果可能，如果我想去。我当然非常热烈地渴望去一趟巴黎或巴比松，或者其他地方，但是我怎么去呢，我连一百块都没挣到。尽管我努力工作，但还是要一段时间才能考虑去巴黎的事。

老实说，为了能正常工作，我每个月至少需要挣到月薪100法郎。虽然少一些钱也能生活，但那样过得真的很艰难，事实上，那真的是太艰难了！"贫穷会让最优秀的人停下脚步"，这是帕利西曾经说过的，它有一定道理的，如果你明白其中真正的含义和意义，就明白它是完全正确的。现在我不明白这怎么可能，对我来说最好的办法就是待在这里，尽可能努力工作。毕竟，这里的生活成本更低。

与此同时，我必须要告诉你的是，我不能继续待在我现在住的那个小房间里了。这个房间确实不错，而且还有两张床——孩子们的和我的。我现在的工作是为巴尔格④洗相当大的被单，我无法形容这有多难。我不想破坏他家的用人工作。他们已经告诉我，这个房子无论如何也没有其他房间了，哪怕我付更多的房租，因为女人需要用它来洗衣服。在那里，一个矿工的房子每天都被用来做很多事情。总而言之，我想租一间工人的小屋，月租只需要9法郎。

我无法告诉你（尽管有新的问题会发生，而且每天都在不断发生），我有多么的高兴，我又重新开始画画了。我思考了很久，但总觉得这是不可能的，这超出了我的能力范围。但是现在的目标，尽管我还是会意识到我有安于现状的缺点，想到许多令人沮丧的事情，但我已经恢复了内心的平静，我的能量与日俱增。

至于提到的前往巴黎的事情，如果我能与一些优秀的、有水平的画家建立深厚的友谊，这对我来说是很特别的优势。但是这也难说，也可能只是大范围地重复我去库里耶尔的旅行经历，我原本是想去寻找各种画派中的佼佼者，可却没有找到。对我来说，目标就是学习如何画画，不论是用我的铅笔，用我的炭笔，还是用我的画笔。一旦我实现了这个目标，我就能在任何地方都画出杰出的作品——风景如画的博里纳日、古老的威尼斯、阿拉伯半岛、布列塔尼⑤、诺曼底、皮卡第或布里耶。

如果我的作品不够好，那这是我的错。但可以很肯定的是，在巴比松，你能有比在别的地方更好的机会去认识优秀的画家，他们就像是上帝派来的天使，如此愉快的会面就这样发生了。我是很严肃地在说这个事情，毫不夸张。所以，如果将来的某个时候，你遇到这样的机会，请想到我。与此同时，我将静静地待在这个工人的小屋里，尽我所能努力工作。

你也提到了梅瑞恩⑥，你对他的评价完全正确。我对他的蚀刻版画了解不多。如果你想看到一些奇妙的东西，就把他的一幅细致而又遒劲的素描作品放在维奥莱·勒·杜克⑦或其他从事建筑行业的人的作品旁边。你就会发现梅瑞恩作品中真正的亮点，这多亏了他的蚀刻技术，无论你是否喜欢，都能得到衬托和对比。好的，那么你看到了什么？就是这个。即使梅瑞恩画的是砖块、花岗石、铁时，哪怕是一整座桥的栏杆时，他都会在他的蚀刻版画中倾注某种东西，这种东西是被内心的悲伤所推动，我说不清楚。我看到过维克多·雨果关于哥特式建筑的素描，尽管它们缺乏梅瑞恩作品中精湛的技巧，但是也表达同样的感觉。到底是怎样的一种感觉呢？它类似于阿尔布雷希特·丢勒《忧郁症》中表达的情感，类似于现在的詹姆斯·提索⑧和赫斯本兹先生（尽管他们两人的生活可能有些不同）表达的情感。一位目光敏锐的评论家曾经正确地评价詹姆斯·提索说："他是一个有缺陷的灵魂。"不管怎样，他的作品中有表达人类灵魂的某种东西，这也是他会如此杰出、伟大和完美的原因。但是让维奥莱·勒·杜克在旁边的话，他就是石头，而另一个人，梅瑞恩，就是精神。

据说梅瑞恩有那么多的爱，就像狄更斯的《悉尼·卡尔顿》一样，他甚至会喜爱某一个地方的石头。但是米勒、朱尔·布雷东、约瑟夫·伊斯拉尔斯对赞美诗、对人类灵魂诠释得更好、更崇高并且更有价值。你如果允许我这样说，那就是他们的表达与诠释更有福音派的气息。

说回到梅瑞恩上，我认为，他与琼坎或西摩·哈登⑨是远房亲戚关系，因为这两位艺术家实在太优秀了。

等着吧，你或许会发现我成为一个工匠。尽管我无法预知我将能做什么，但我希望我能画一些素描，或许有人类的东西在里面，但我首先必须画巴尔格的素描图纸，以及其他一些或多或少有难度的东西。

窄的是路，直的是门，只有少数人能找到它。

谢谢你的好意，特别为了《灌木丛》，向你致意。

文森特

我现在已经收集了你的所有藏品，但你以后会把它拿回来，另外关于你收藏的木刻版画，我还有一些非常精细的东西，在世界博物馆里有两卷，我希望你能继续。

【注释】

①杜比尼（*Charles-François Daubigny*，1817—1878），法国巴比松画派代表画家，印象派的重要先驱，被誉为"画水的贝多芬"。

②勒伊斯达尔（*JacobIsaackszvan Ruisdael*，1629—1682），荷兰"黄金时代"著名风景画家。

③法郎，起初是法国的法定货币单位，在2002年欧元发行之后已停止流通。

④巴尔格（*Charles Bargue*，1825—1883），法国画家。

⑤布列塔尼是法国西部的一个地区，现由莫尔比昂省、阿摩尔滨海省、非尼斯泰尔省、伊勒—维莱讷省四个省组成。

⑥梅瑞恩（*Charles Meryon*，1821—1868），法国画家。

⑦维奥莱·勒·杜克（*Eugène Emmanuel Viollet-le-Duc*，1814—1879），法国建筑师、作家。

⑧詹姆斯·提索（*James Tissot*，1836—1902），法国维多利亚新古典主义画派重要画家。

⑨琼坎（*J.B.Jong Kind*，1819—1891），荷兰画家。西摩·哈登（*Francis Seymour Haden*，1818—1910），英国艺术家。

布鲁塞尔

1880.10—1881.4

布鲁塞尔，1880年11月1日

亲爱的提奥：

首先，在给你的回信中，我要告诉你一些事情。

在收到你的信的第二天，我去见了勒洛夫斯^①先生。他告诉我他现在的观点，就是我必须从自然中提取经验，也就是说，是石膏模型，但是需要一位熟悉它的人的指导。他——还有其他人——非常诚恳地建议我去学院工作，不管是在这里还是在安特卫普，或者在我能去的任何地方，我觉得有必要努力考上那所学院，尽管我并不觉得这会令人愉快。在布鲁塞尔，教学是免费的（例如在阿姆斯特丹，我听说每年要花100荷兰盾），而且还可以在一个温暖的、明亮的房间里工作，这很好，尤其是在冬天。

我和巴尔盖地区的人相处得很好，我正在进步。除此之外，最近我一直在忙着画一些花了很多功夫的东西，但我还是很高兴我做了这件事：我用钢笔和墨水在5张安格尔纸^②上画了一个相当大的骨架。

1页：头部、骨骼和肌肉。

1页：躯干、骨骼。

1页：手、前视图、骨骼和肌肉。

1页：手、背视图、骨骼和肌肉。

1页：骨盆、腿部、骨骼。

我是从察恩③的《供艺术家使用的解剖学草图》中获得了这样的想法：在我看来，那里面有一些复制品是非常实际而且清晰的，包括手、脚等。我现在要做的就是完成肌肉的绘制，也就是说，躯干和腿部的绘制，这些与其他部分一起形成整个人体。然后跟随身体的背视图和侧视图。

所以你看，我将继续做下去：这些事情并不那么容易——它们需要时间和极大的耐心。

要想考上绘画学院，必须得到市长的许可并进行登记。我正在等待我的请求得到答复。

我很清楚，无论一个人的经济状况或生活质量如何糟糕，布鲁塞尔的生活肯定更加昂贵；但我不能没有任何指标，我想只要我努力工作，我做的，可能文森特叔叔或科尔叔叔会做一些事情——如果不是帮助我，至少是帮助父亲。

从兽医学校，我想要得到解剖学的照片，例如，一匹马，一头牛或一只羊，并绘制我做人体解剖的方法。

比例、光影和透视规则，人们想要画出任何东西，就必须知道这些；如果没有这些知识，它就永远只是一场徒劳的斗争，永远不会创造出任何东西。

因此，我认为我这样做是对的。今年冬天，我将努力储备一些解剖学的基础知识；我不能再拖延下去了——最终它会变得更加昂贵，因为这会浪费时间。

我相信这也是你的观点。

要学好画画是一件非常困难的事。

如果我能在这里找到一些永久性的工作，那就更好了；但我不敢指望它，因为我还有很多东西要学。

我还去见了住在特拉华街6a号的凡·拉帕德④先生，和他谈了话。他是一个很英俊的男人。在他的作品中，我只看到了几幅钢笔风景画插图。但是，从他的生活方式来看，他一定很富有。我不知道他是不是一个能像我这样生活和工作的人，出于经济上的原因考虑。但我总有一天会再去看望他的，他给我的印象是一个做事很认真的人。

在蒙斯⑤，兄弟，如果我再多待上一个月的话，我就会陷入悲惨的境地。你不要认为我在这里过得很富足，我的主要食物是干面包或一些土豆或栗子，人们在街角卖这些东西，但只要拥有一个稍微好一点的房间，偶尔在餐馆吃一顿稍微好一点的饭，只要我能负担得起，我就会过得很好。但近两年来，我在博里纳日过得很艰难——这不是一次愉快的旅行，我向你保证。这里的费用将超过60法郎，这是无力缓解的。绘画材料、复制的研究——比如，解剖学——都是要花很多钱的，但它们是绝对必要的：只有这样，我才能获得公平的回报，否则我永远不会成功。

有一天，我阅读了拉文特和格尔的《相术和颅相学》，给了我意外的惊喜，换句话说，从这本书中，我了解到如何通过人物的特征和头骨的形状来分析人类的表现。我通过自己在施密特那里找到的，他借给我的布劳恩的照片，摹画米勒的《挖掘者》，还有一幅《晚钟》。我把这两幅画都寄给父亲，好让他看到我在工作。

再写一遍，地址是迷笛大道72号。我在一家小旅馆住了一个月，月租50法郎，包括我的面包和早晨、下午和晚上的咖啡。那不是很便宜，但到处都很贵。那些出自像霍尔拜因⑥那样的大师们的作品都是相当辉煌的。现在我正在画它们，我感觉比以前更强烈。但我向你保证，这很难。

当我去见施密特先生时，我一点也不知道他卷入了一个涉及凡·高家族的金钱纠纷，因此他，施密特先生，将面临起诉，我只是从你的信中得知。所以这真是太糟糕了，尽管我必须说施密特先生相当热情地接待了我。不过，既然我现在已经知道了，而且事实如此，或许不经常去那里是明智的，尽管我不认为有必要故意避开他。

我本该早点写信的，但我当时忙于研究骨骼。我相信，你想得越久，你就越能看到，我迫切需要更多的艺术环境——如果没有人告诉你怎么画，你怎么能学会画画呢？有了世界上最好的意愿，一个人如果不与更先进的艺术家接触，就不可能成功。没有一些发展机会，只凭良好的意愿是不够的。

至于你认为我不应该成为平庸的艺术家，我该怎么说呢？这完全取决于你所说的平庸。我会尽我所能去做，但我一点也不鄙视平庸的简单意义。并且，一个人至少不会因为轻视平庸而超越目标。我认为，一个人至少必须从尊重平庸的人开始，并知道它已经意味着什么，只是很难达到。

再见，现在，我在此向你致意。如果可能的话尽快回信。

文森特

【注释】

①勒洛夫斯（*Willem Roelofs*，1822—1897），荷兰画家。

②安格尔纸（*Ingres paper*），法国绘画用纸。

③察恩（*Albertvon Zahn*，1836—1873），德国作家。

④凡·拉帕德（*Anthon van Rappard*），凡·高友人，也是一位艺术家。

⑤蒙斯（*Cuesmes*），比利时地名。

⑥霍尔拜因（*Holbein*），家族姓氏，父亲和儿子都是德国画家。

布鲁塞尔，1881年1月

亲爱的提奥：

  当你知道我是在糟糕的时候写下最后一封信的时候，你会原谅我的。我的画全画错了，不知道该怎么办，我开始写了。我当然应该等待一个更好的时刻，这将向你表明，我自己无疑是属于我在上一封信中所谈到的那一类人，即那些不总是思考自己说什么或做什么的人。既然如此，让我们放弃它吧。

  我可以告诉你一件事：在这最后几天里，情况有了好转。我已经完成了至少十几幅画，或者更确切地说是十几幅用铅笔、钢笔和墨水画的草图，这在我看来似乎比之前的画略好。它们隐约类似于朗松的某些绘画，或某些英国木刻，但迄今为止，它们还是很笨拙和别扭。这些画中的人物，包括搬运工人、矿工、铲雪工人、在雪地里行走的人、老妇人、一个典型的老人（法拉格斯，出自巴尔扎克的《十三世纪历史》）等。我给你寄两幅小幅的作品《途中》和《在余烬前》。我心里很清楚，它们还不是很好，但起码开始看起来有自己的风格了。

我几乎每天都有一个模特儿，一个老搬运工，或者一个工人，或者一个男孩儿，为我摆姿势。下个星期天或许会有一两个士兵当我的模特儿。并且因为现在我的脾气不再那么坏了，我对你以及整个世界有一个完全不同的、更好的看法。此外，我又画了一幅风景画——一片荒野——我很久没有做过这样的事。

我非常喜欢风景，但我更喜欢从生活中学习。有时是令人吃惊的现实主义，这些研究是由加瓦尼、亨利·莫尼耶、杜米埃、德·勒穆德、亨利·佩雷、舒勒、艾德·莫兰、多雷（例如在他的《伦敦》中）、朗松、亨利·德·格鲁、费利西

《在余烬前》

《途中》

安·罗普斯[①]等。现在至少不用假装把自己比作那些艺术家，而是继续画那些类型的劳动者等，我希望达到能够给论文和书籍配图的程度。尤其是当我能够接受更多的模特儿，也包括女性模特儿时，我会取得更大的进步——我感觉到了，并且明白了。我可能还会学习画肖像。但条件是要努力工作，一天都不停歇，一如加瓦尔尼[②]说的那样。

所以，目前我还要留在这里，直到你找到更好的东西给我，但要时而给我写信，我现在正忙着第三次临摹巴尔格的所有炭笔画练习稿。

你跟我说了古比尔公司[③]职员的变动，还有你自己职位的变动，我向你表示祝贺。至于公司里的那些先生们，我倾向于认为，他们已经解雇了一些工作人员，应该值得祝贺。我一直认为，这些先生们自己是受到了比现在离开的人更优越、更高尚的精神的鼓舞。也许后者在公司中占据的位置太久了，所忍受的影响和支配令其他一些员工反感，公司本可以更好地留住这些员工，但这些员工被逼到了极点，以至辞职。

你刚才含糊地告诉我要去巴黎，我必须告诉你，只要我确信能在那儿找到一份薪水至少是100法郎的工作，我就不希望未来有一天能去巴黎。我还必须要告诉你，由于我已经开始画画了，并且我不打算放弃它，所以我将主要致力于这一行。描绘生活中的人物和场景不仅需要掌握绘画知识和技巧，还需要对文学、相术等方面进行深入地研究，这是很难掌握的。

今天就到这里吧。当你有空的时候给我写信，相信我，与你真诚握手。

敬启

文森特

迷笛大道72号

我希望有一天能去见奥塔④先生。

【注释】

①亨利·莫尼耶（*Henry Monnier*，1799—1877），法国剧作家、漫画家和演员。

杜米埃（*Honoré Daumier*，1808—1879），法国著名画家、讽刺漫画家、雕塑家和版画家，是当时最多产的艺术家，他的许多作品都对19世纪法国的社会和政治生活进行了评论。巴尔扎克曾称赞他的作品"有米开朗琪罗的神韵"。

德·勒穆德（*De Lemud*，1816—1887），法国石版画家。

亨利·佩雷（*Charles Henri Pille*，1844—1897），法国画家。

舒勒（*Th. Schuler*，1821—1878），法国画家。

多雷（*Gustave Doré*，1832—1883），法国艺术家、版画家、插画作家和雕塑家，曾为1872年出版的《伦敦：一次朝圣》绘制插图。

亨利·德·格鲁（*Henry de Groux*，1866—1930），比利时画家、雕刻家。

费利西安·罗普斯（*Félicien Rops*，1833—1898），比利时艺术家。

②加瓦尔尼（*Paul Gavarni*，1804—1866），法国插画家。

③古比尔公司，法国艺术品商行。凡·高16岁时进入这家公司工作，后来他的弟弟提奥也进入这家公司工作。

④奥塔（*Victor Pierre Horta*，1861—1947），比利时建筑师和设计师。

布鲁塞尔，1881年4月12日

亲爱的提奥：

我听父亲说，你下周日可能去埃顿，我也很开心去那里，今天就准备到那边去。

我希望快点见到你，我非常期待。因为我在拉帕德那里画了两幅素描——《灯烛》和《负担的承受者》，我要与你商量怎么继续完成它们。我需要想办法，找到必要的模特儿来完成，这样的话效果会比较好，换句话说，我还有几幅作品要给伯恩-斯米顿和蒂莉①或者《插图》等同类刊物的编辑看看。

所以我今天出发并且让你知道，这样你们就不用到布鲁塞尔来找我了。我要在埃顿的荒野上画几幅素描，这就是我为什么要提前几天出发的原因。

所以我很期待快点与你相见，我的脑海里浮现与你握手的画面。

敬启

文森特

我给你发了三张字迹潦草的纸样，这些字迹至今仍然很别扭，但我希望你能从这些字迹中看到我正在逐渐进步。你应该考虑到，我开始画画的时间不长，虽然我小时候画过一些草图。在这个冬天，我认为最重要的是做精确的解剖研究，而不是我自己的作品。

【注释】

①伯恩－斯米顿（*Joseph Burn-Smeeton*，1840—1880），英国雕刻家。蒂莉（*Auguste Tilly*，？—1898），法国木刻家。两人当时在巴黎结成伙伴关系，其作品多次在《伦敦画报》《艺术》《插图》等刊物上发表。

埃顿

1881.4—1881.12

埃顿，1881年8月26日

亲爱的提奥：

我刚刚从海牙旅行归来。我今晚一个人在家，爸爸和妈妈仍然留在布灵森哈根①，所以这是一个告诉你所有事情的好机会。

我是周二离开这里的，现在已是周五的晚上了。在海牙我拜访了特斯提格先生、毛沃②先生和德·博克先生。特斯提格先生人非常好，并且认为我的绘画水平有了很大提高。我又开始进行整个系列的炭笔画练习，从第1页到第60页，我把它们带来了，特别是根据他说的这句话。至少，他给我的创作增加了一些附加值，也给了我偶尔模仿米勒、波顿③或其他人作品的机会，但大多数人对此做法都不太喜欢。

于是，我也从那份工作中得到了一些满足感。

整个下午和晚上，我都和毛沃待在一起，在他的画室里看到了许多美丽的东西。而毛沃似乎也对我的画很感兴趣。他给了我很多提示，对此我感到很高兴。我已经跟他预约好了，短时间内等我有了新的作品就再来拜访他。他向我展示了他的大量研究成果，并对我进行解释——是真正的研究，而非素描或图画，那些东西似乎不重要。他认为我现在应该开始画画。

我很高兴能在德·博克先生的工作室里与他见面。他正在画一幅很大的沙丘画，画中有很多沙丘，令整幅画增色不少。但是在我看来，他必须练习画画才能做出更精细的东西。我觉得，他有真正的艺术家气质，我们还没有听到他最后的表达。他很推崇米勒和科罗④，但他们俩貌似对肖像画都不太上心，是不是呢？科罗的人物画并不像他的风景画那样出名，但不可否认的是，他确实画过。除此之外，科罗把每一棵树干都画了出来，并把它当成了一个人物。科罗的树和德·博克的树完全不同。

我见过德·博克最好的东西之一，就是一件科罗的复制品。它不太可能被当作原创作品，但它被做得非常认真——比许多假的科罗更严肃，与真迹没有太大的区别。

然后我和他一起去看了梅斯达格⑤的全景画。这是一项值得所有人尊重的工作。这让我想起了伯格⑥（或索雷）关于伦勃朗解剖学课的一句话：这个表没有任何缺陷。（这幅画唯一的缺点就是它没有错。）

参展的三幅梅斯达格的画或许缺点更多，但能立刻引起人们的同情，至少我这么认为。

说到展览，有一幅以色列⑦的精美画作：《卡特维克⑧的缝纫课》。毛沃的《耕田》《沙丘上的羊》，接着就是一个单个的肖像——一个工人在黄昏时分的田野里休息。

如果我没记错的话，阿茨[9]画了三幅画：救济院的一个场景、老人和妇女吃粥——非常重要，做得很好、很认真；还有两篇关于头部的研究，很有个性——来自席凡宁根[10]的一男一女。在维斯森布鲁赫的画中，有一幅睡莲的画，它是如此的简单，如此的富有风格，充满了理解和爱，以至于许多其他人的画都在它旁边消失了。但这次展览清楚地表明，在年轻的画家中，有许多聪明的山水画家。

这其中包括杜查特尔和纽格里斯[11]。阿尔伯特·纽格里斯有一幅很大的人物画，画得很好，画的是一个女孩儿和两个男孩子。对我来说，克拉拉·蒙塔尔巴[12]的作品是全新的。她有一种特殊的才能——在某些方面让我想起了罗契森[13]。在特斯提格先生的作品中，我也看到了瓦尔肯堡、纽格里斯等许多美好的东西。

在展览会上，雅各布·马里斯[14]拥有辉煌灿烂的东西，比如坐在钢琴前，身着白衣的两个小女孩儿，还有一个放在雪地里的磨坊。我在德·博克那里认识了威廉·马里斯。他画了一幅非常美丽的素描，在冬天的一条路上，有一个打着一把伞的小身影。博斯邦姆[15]偶然间看到了我的习作，并给了我一些关于它们的建议。我希望能有更多这样的机会。博斯邦姆就是这样的人，他有能力把知识传授给别人，并且把事情讲清楚。在展览会上有三四幅他的优秀画作。

我在海牙一直待到了星期四的早晨，然后我去了多德雷赫特⑯，因为从火车上我看到了一个我想画的地方——一排风车。尽管下着雨，我还是想办法把它做完了，所以至少我有了一个旅行的小纪念品。

在斯塔姆那里，我发现了一种比普通纸张厚两倍的纸张，可以做得更好。只不过，它是白色的。你能不能寄来一些与这种纸张一样的东西，但是是那种未经漂白过的、原色的细棉布或亚麻布色，就像你之前给我买的那一大堆材料一样，像那些印着印花的木炭画硬纸一样。在开始画白纸之前，首先要用平直的色调来清洗整个页面。

我去过海牙，或许这就是与毛沃和其他人重新接触的开始。我希望如此。此致敬礼，我对你在这件事情上提供的忠实帮助表示诚挚感谢——因为我可能永远不会离开，或者至少推迟离开。

你的文森特

德·博克对他从你这儿买的米勒的画作很满意。

【注释】

①布灵森哈根（*Prinsenhage*），荷兰地名，位于荷兰北布拉班特省布雷达市西南。

②毛沃（*Anton Mauve*，1838—1888），荷兰画家，与凡·高的侄女结婚，与凡·高私交甚笃，对凡·高有很深的影响。

③波顿（*George Henry Boughton*，1833—1905），英国画家。

④科罗（*Jean-Baptiste-Camille Corot*，1796—1875），法国巴比

松画派画家，画风朴素自然，充满朦胧的空间感。

⑤梅斯达格（*Hendrik Willem Mesdag*，1831—1915），荷兰海洋水彩画家。

⑥索雷-伯格（*Thoré-Bürger*，1807—1869），法国新闻记者、艺术批判家。

⑦以色列（*Jozef Israëls*，1824—1911），荷兰画家。

⑧卡特维克，荷兰地名，从1870年至1914年，这里被称为"艺术家的殖民地"，并形成了一个学派——卡特维克画派。它是印象派国际运动的一部分，属于海牙画派。

⑨阿茨（*David Adolph Constant Artz*，1837—1890），荷兰画家、收藏家，与海牙学派的一些成员有联系。

⑩席凡宁根（*Scheveningen*），荷兰著名的海滨度假胜地。

⑪纽格里斯（*Neuhuys*，1844—1914），瑞士画家，也是许多海牙画派画家的朋友。

⑫克拉拉·蒙塔尔巴（*Clara Montalba*，1840—1929），英国艺术家。

⑬罗契森（*Charles Rochussen*，1814—1894），荷兰著名画家。

⑭雅各布·马里斯（*Jacob Hendricus Maris*，1837—1899），被认为是19世纪最后25年最重要和最有影响力的荷兰海牙画派风景画家。他的弟弟威廉·马里斯（*willem Maris*，1844—1910）也是荷兰海牙画派风景画家。

⑮博斯邦姆（*Johannes Bosboom*，1817—1891），荷兰海牙画派画家。

⑯多德雷赫特（*Dordrecht*），荷兰西部城市和港口。

埃顿，1881年9月中旬

亲爱的提奥：

　　虽然我给你写信的时间很短，但我现在有更多的事情要告诉你。

　　因为我的画有了一些改观，无论是我开始画的方式还是结果。

　　此外，得益于毛沃告诉我的一些话，我已经再次开始与真人模特儿的合作。幸运的是，我能让几个人坐在这里，包括工人皮特·考夫曼。

　　仔细研究和不断重复地对着巴尔格的木炭画模仿练习，使我对人物画有了更深入的了解。我学会了测量、观察和寻找大致的轮廓，因此，感谢上帝，以前在我看来似乎完全不可能的事情现在正逐渐成为可能。我画了一个拿着铁锹的男人，就是挖掘者，摆了各种姿势画了五次还多，播种者画了两次，拿扫帚的女孩儿画了两次，然后画了一个戴着白色帽子、剥土豆的女人和一个倚靠着羊角的牧羊人，最后画了一个年老体弱、坐在火炉旁椅子上的农民，双手抱着头，手肘拄着膝盖。

当然不会就这样了。有几只羊过了桥，整群羊就跟着过去了。现在我必须不停地画挖掘者、播种者、犁地的男人和女人，仔细观察并画出属于乡村生活一部分的一切。正如许多其他人已经和正在做的那样。我不再像过去那样无助地站在大自然面前。

我从海牙带了一些木制蜡笔（就像铅笔），现在我用它们完成了很多工作。

我也开始使用画笔和纸擦笔①。用上一点乌贼墨和印度墨，偶尔涂上一点颜色。

可以肯定的是，我最近画的画和我以前画的几乎完全不同。

这些肖像画的尺寸和那些炭笔画习作差不多。

至于风景画，我不明白为什么它会因此而遭受损失。相反，它将从中受益。随信附上几张小草图，供你参考。

当然，我得付钱给那些摆姿势的人。这种事情不是很多，但因为它每天都发生，所以在我设法卖掉一些画之前，这也是一笔额外开销。

不过，由于这些人物素描画都很成功，因此我相信这个模式的开支会在较短时间内全数收回。

因为现在，任何一个学会观察人物和紧紧抓住人物特点，并坚持到把它安全地画在纸上的人，都可以赚到很多钱。我几乎不需要告诉你，我寄给你这些草图只是让你了解这些姿势。

我今天觉得它们过时了，我发现它们的比例有很多问题，无论如何都比实际图纸上的问题严重。我收到了拉帕德写来的一封很好的信，他似乎工作很努力。他寄给我一些很好的风景画。我希望他能再来这里待上几天。

这是一块田，或者更确切地说，是一片茬子地，他们在那里耕种和播种。我画了一幅表现暴风雨来临之前场景的大幅草图。

另外两张草图是挖掘者。我希望再画几幅。

另一幅素描是提着一个篮子的撒种者。

我非常渴望让一个女人拿着种子篮筐摆一个姿势，以便画出一个像去年春天我给你看的那个小人物，你可以在第一幅小草图的前景中看到。

嗯，正如毛沃所说的，工厂里的工人正在全力以赴地进行工作。

如果你喜欢并且可以的话，请记住安格尔纸，就是那种未经漂白过的亚麻色纸，如果可能的话，是更结实的那种。无论如何，尽快写信，向你致意。

敬启

文森特

【注释】

①纸擦笔，也称纸笔，卷起来的鹿皮或纸张，两头尖，用来擦铅笔画，以获得细微差别，如阴影效果。

埃顿，1881年10月12日

亲爱的拉帕德：

　　刚才我收到了《加瓦尔尼其人其作》，谢谢你把它寄回来。我认为加瓦尔尼是一个非常伟大的艺术家，当然也非常有趣。显然，他偶尔也会做一些不正确的事情，比如他对萨克雷和狄更斯的行为，但这些事情都是所有人的本性。

　　此外，他似乎对此感到后悔，因为后来他把图纸寄给了那些他起初没有善待过的人。萨克雷自己对巴尔扎克也有过类似的行为，并且有过之而无不及；但这并不能改变这样一个事实：在本质上，他们是志趣相投的人，即使他们自己并不是很清楚这一点。

　　当我今天早上收到这本书的时候，我想，现在拉帕德肯定不会来了，否则他会亲自带来的。我几乎不认为有必要再次向你保证，我们都很高兴你能再次和我们在一起，我们真诚地希望，即使你只是短暂停留，你也不会完全离开。

　　我很想听听你冬天的计划。如果你去安特卫普、布鲁塞尔或者巴黎，一定要到那里去找我们；假如你留在荷兰，我也不会放弃希望。这里的冬天也很美，我们当然能够做一些事情，如果在室内，那么我们可以做一个模型，比如在某个农民的家里。

最近我从这个模特儿中得到了许多东西，因为我已经找到了很多愿意的模特儿。我进行着各种各样的研究，关于挖掘者（图002）、播种者等，男人和女人。目前我正在用木炭和黑色蜡笔做大量的工作，还尝试过乌贼墨和水彩。好吧，我不敢说你会在我的画上看到进展，但你肯定会看到变化。

不久之后，我希望能够再次拜访毛沃，与他讨论关于我是否应该开始绘画的问题。一旦开始，我就将坚持到底。但是我想在开始之前和一些人好好谈谈。我很高兴我在绘画方面能有越来越多的心得体会。当然，这也间接地影响了风景画，因为人们学会了集中注意力。

如果我有时间的话，我应该会给你寄几张草图，但我正忙于各种各样的事情；不过，稍后你还是会得到一些。如果你不留在荷兰，请务必告诉我你的地址，因为在任何情况下，我在冬天都有很多事情要写。如果把卡尔·罗伯特的《炭画无师自通》多放在我这里一阵子，你会介意吗？因为，你知道，我非常需要它。因为我现在正在用木炭画画；但当我去海牙时，我会试着自己去弄。如果今年冬天我没有安静地待在埃顿，我应该感到非常惊讶——至少这是我的意图，我决不会出国。自从回到荷兰以来，我在绘画和其他方面都取得了很大的进步。好吧，我要在这里辛苦工作一段时间。我在国外已经很多年了，在英国、法国和比利时，现在我要在这里停留一段时间。你知道现在什么东西最好吗？通往火车站和那些生长着古老的柳树的路。你自己也有乌贼墨。我无法跟你形容那些树现在有多美。我做了大约7个关于树干的习作。

我当然知道，如果你能在树叶飘落的时候到来，哪怕只有一个星期，你也会画出一些美丽的东西来。如果你愿意来，我们都很高兴。

我的父母让我代为向你致以亲切的问候，向你致意，相信我。

敬启

文森特

埃顿，1881年10月12—15日

亲爱的提奥：

收到你的来信很高兴，我正好打算明天或者什么时候给你写信，所以一收到你的信就决定给你回信了。

我很高兴你寄了安格尔[①]的作品过来。我这里也有一些他的画，但是颜色搭配不算好。

很高兴听到特斯提格先生对我画作的评价，当然，我更加激动的是你从我寄给你的草图中看到了进步。如果真是如此，我的意思是，我要加倍努力，让你和特斯提格先生都没有任何理由收回你们未来更多有益的建议。我会竭尽所能不让你失望。艺术家在刚开始时经常面对来自大自然的阻力。如果他用心严肃地看待这种抗拒，逐渐地就不会被这种对抗分心，相反地，这会更加激励他去争取——本质上，大自然和诚实的画家是心有灵犀的。大自然是无形的，要严肃对待它，用坚定的双手握紧它。与大自然搏斗过一段时间后，我意识到它对我更加顺从了，我比任何人都渴望达到这种境界，可我还没达到，不过，事情开始变得容易了。

与大自然的抗争，有点像莎士比亚所言，"驯服悍妇"②（这句话的意思是让对手顺从）。在很多领域，尤其是绘画方面，我坚信，坚持到底比半途而废更好。

我越发感觉画人物画是一件非常好的事情，并能间接地对画风景画产生积极的效用。假如画一棵被削掉树梢的树，就要想象它是一个活的生命体，然后周围的环境都将自发地随之改变（图003）。你只有把所有注意力都集中在那棵特别的树上，直到在树里有了生命才能休息。

随信附上的是一些小幅草图。这些日子我在勒尔斯街道做了不少工作。偶尔也画水彩画或墨色画，但是这还不算太好。

毛沃去了德伦特③。我们约好，只要他一给我写信，我就出发去看望他。不过或许他会先来这儿，在普林斯哈格待上一天。

在我最后的旅程中，我去鹿特丹看望了法布里修斯④。我很高兴听说你忙里偷闲去看了梅斯达格的画作。如果你提到的梅斯达格夫人的作品画的是长在青苔地面上的黄玫瑰，那么我在展览上也看到了，它确实很美，很有艺术感染力。

在我看来，你对于德·博克的评价，在各个方面来讲都非常正确。我对他的看法和你一样，不过我没法把他写得像你在信里表述得那么好。如果他能专注自我，他肯定会成为比现在更棒的艺术家。我直截了当地跟他说过："德·博克，你和我如果能把自己奉献给肖像创作一年，那我们的成就都将远非今日可比，但如果我们做不到，只是不假思索地照搬而绘画技艺全无长进，那么我们不仅连今天的成绩都不能保持，甚至连自身优势都会失去。如果我们不画肖像，或不像画肖像那样画树木，那么我们将失去骨气，更确切地说，我们将变得软弱。"他赞同我，至少是部分赞同。

事实上，我认为他一直在努力研究全景画，尽管他拒绝承认，但这已经对他产生了普遍的有利影响。

曾经，他跟我讲了全景画的一件趣事，使我对他的感觉变得很亲切。你知道画家德斯特吧，他曾经傲慢地去德·博克那里，态度非常不屑。他用油腔滑调和不可忍受的傲慢语气说："德·博克，他们也请我画全景画，但我看它没有任何艺术价值，所以我只好拒绝了。"

德·博克反驳道："德斯特先生，画它跟拒绝画它，哪个更容易呢？做和不做，哪个更具有艺术价值呢？"我不确定这是不是他们之间的准确对话，但是这已经抓住要领了，我认为一语中的。

我尊重这句话，就像尊重你对待你社交圈中那些老迈而聪慧的朋友的方式一样。尽管你自己的处世方式更果决、更雷厉风行，但你会充分尊重他们，并倾听他们年迈的思维与智慧。这是正确的处世哲学。当有需要时，我也会像德·博克和你那样去做。可以这样说，这种哲学是富有实践性的，正如毛沃所言："颜色画同样也是素描画。"

我写完了，将就此结束，然后出去散个步。最热切地感谢你为我做的所有努力，我与你同在，相信我。

你最亲爱的

文森特

【注释】

①安格尔（*Jean Auguste DominiqueIngres*，1780—1867），法国新古典主义画派的最后一位画家。

②出自莎士比亚喜剧《驯悍记》（*The Taming of the Shrew*），第4幕第2场。

③德伦特（*Drenthe*），荷兰东北部的一个省。

④法布里修斯，荷兰画家，属于"代尔夫特画派"的祖师级人物，早年住在阿姆斯特丹，在伦勃朗的工作室学艺。

埃顿，1881年12月23日

有时候，我总担心你会因为一本书写得太过现实，而把它撇到一边。我希望你能耐心地读完这封信，即使你可能会认为这封信有点太长了。

亲爱的提奥：

正如我在海牙时给你写的信，既然我又回来了，我还有一两件事需要和你讨论。当我回想起那段短暂的海牙之旅时，内心深处还是有所感触的。当我到毛沃家时，我心怦怦直跳，因为我在想，他是否也会用看似中肯的话搪塞我，又或者我能在这里找到一些不一样的东西呢？

后来我发现，他提出的建议都很实际，而且在帮助我、鼓励我时的态度也很友好。你要注意，正相反，他对我的言行，并不总是赞同。但是如果他对我说"这里或那里不好"，他总会马上补充一句"不过可以试试这样或者那样"，这与为了批评而批评不同。如果有人说"你有这个病或者那个病"，这并不能起到多大帮助，可是如果他说"试试这样或者那样，你会好起来的"，那么他的建议就是有用的。你看，他既告诉了你真相，又对你进行了帮助。

不管怎样，我从他家带走了一些关于绘画的研究和几幅水彩画。当然，它们算不上是什么杰作，不过我真的认为它们至少能比我现在的作品得到更多公正的评价。我认为现在的我是时候该认真做点事情了。因为我现在可以调用一些技术资源，换言之，就是画笔刷子之类，一切看起来又似乎都是全新的，

不过当务之急是，我们必须得将这一切付诸实践。首先我得找到一个足够大的房间，能够让我在作画时保持合适的距离。

在看完我的画后，毛沃对我说："你坐得离你的模特儿太近了。"在许多情况下，这意味着我没有掌握正确的比例，所以这绝对是我必须首先注意的事情之一。我只是想租到一个足够大的地方，不管是一间房或是一个小棚屋，而且房租不要太贵。在这里租一个工人的小屋，年租需要30荷兰盾，所以我估计，租到一个是工人小屋的两倍大的地方大概需要花上60荷兰盾。这很划算吧。

我已经看过一个棚屋了，但是那里有诸多缺点，特别是在冬天。不过我可以在那里工作，至少在天气稍微暖和的时候。我得在布拉班特①找些模特儿，我认为这里对于此事的反对声音有加大趋势，不仅是在埃顿，其他村庄也是如此。

然而，虽然我很喜欢布拉班特，但是相比于画布拉班特

原生态的乡村生活，我对于人物有着不同的感觉。因此，我坚持认为席凡宁根的美溢于言表。不过既然我已经在这里了，也许我能找着个租金相对便宜的地方。我已经拜托毛沃尽可能帮我找一个好的画室了，而且我现在得用一些更好的颜料和画纸了。

对于练习和画素描而言，安格尔纸非常适合。我可以把它裁成很多尺寸，这比买现成的速写本便宜多了。

我还有少量的安格尔纸，但是如果你能在把那些习作寄还给我时顺便再给我寄来一些这样的纸，我将感激不尽。不要那种雪白的，而是那些像未漂白过的亚麻布颜色的纸，没有冷色调。

提奥，明暗和色彩这两者都很重要！那些不懂得这两者重要性的人，还画不出那种具有真实生活感觉的作品。毛沃教我观察很多我以往忽略掉的东西，等哪天我会向你转述他对我说的话，因为生活中一定有一两样东西是你未曾正视的。无论如何，我希望有一天我们能好好地聊一聊艺术问题。

你无法想象，当毛沃先生和我聊起挣钱的话题时，我开始有了自由自在的感觉。想想这么多年我是怎么混日子的吧，我总是处在迷惑的境地。而现在，生活好不容易照进了一丝真正的光亮。

我希望你能看到我带回来的那两幅水彩画，你会意识到它们和其他水彩画一样，可能还有很多需要改进的地方。所以，我还是对这两幅画不太满意，但是它们和我之前画过的那些画很不一样，颜色看起来要更鲜亮一些。事实上它们的色彩还应该更鲜亮一些，可是人不可能只尝试一次就能达到理想的效果，总是需要一点一点进行的。

但是，我还是需要我画的这两幅画作，因为我要用它们和我准备在这儿画的画相对比，以便至少要跟在毛沃家时创作的作品一样的水准。现在尽管毛沃告诉我，如果我在这里再混几个月，然后回到他那里，比如三月份，我将会定期地生产可销售的图纸，现在的我处境依然很艰难。模特儿、画室、绘画材料成本不断上涨，而到目前为止，我还没挣到钱。

当然，父亲曾经说过，我不需要担心任何必要开支，他很赞赏毛沃对我说的那些话，也很喜欢我带回来的那些画。但我仍然认为，这样会花光父亲的钱，真是太可怕了。诚然，我们都希望情况会有所好转，但我心头的负担依然很沉重。自从我来到这里，父亲还没从我这里得到任何回报，并且还不止一次地给我送东西，比如说，他给我带过一件外套和一条裤子，可我宁愿不要这些东西，虽然我确实很需要这些，可我也不想因此零星地花光父亲的钱。更重要的是，这件上衣和裤子不怎么合身，几乎没什么用处。好吧，这真是另一种资金上的小窘迫。而且，正如我之前跟你说过的，我讨厌非彻底的经济独立。虽然父亲并不指望我能够据实说明每一分钱的用途，但他很了解我的花钱方式。尽管就我而言没有什么秘密，但我依然不喜欢有人能监控我的开支明细。对我而言，即便对那些令我同情的人而言，我的隐私并不重要。

可是父亲并不能完全理解我的感受，不像你和毛沃。我的确很爱父亲和母亲，可是我对他们和对你还有毛沃的感觉有很大不同。父亲和我没有情感上的共鸣，我也不能按照他和母亲的那种方式生活，那太令人窒息，会把我闷死的。

每当我跟父亲谈事情的时候，他总是左耳朵进右耳朵出，母亲也一样。我发现他俩在传教和对于上帝和人的理解上很相似，不外乎是道德啊、美德啊之类的思想。我也经常读《圣经》，就像有时也会读一下米什莱②、巴尔扎克或艾略特一样。我和父亲对于《圣经》的领悟大相径庭，以他那种方式从《圣经》中汲取的东西，我完全得不到。

现在，凯特牧师翻译了歌德的《浮士德》，父亲和母亲都已经读过了，因为他们认为既然这本书是由一位牧师翻译的，也就不可能那么不道德了（为什么会不道德呢？）。可是，他们还是认为这本书讲的不过是因为一段不得体的爱而造成的灾难性后果罢了。

我认为他们对于《圣经》的领悟不过如此。以毛沃为例，当他在阅读一些意义深厚的书时，他不会立刻得出一个结论：那个人是这样或者那样的。诗歌既深奥又复杂，一个人无法系统地定义它。不过毛沃的感觉很敏锐，这一点比下定义和评鉴更有价值。当我阅读的时候，事实上我用于读书的时间比较少，而且只阅读少数作家的作品。这些作家大多都是我意外发现的，我之所以读他们的作品，是因为他们的视野更开阔也更包容，并且怀着一份仁爱之心，对现实的认识也更彻底，我能从中学到很多东西。我并不是很在意关于善与恶、道德与不道德的那些话。老实说，我发现要分辨善与恶、道德与不道德是不可能的。

关于道德和不道德这个问题的思考又让我想起了凯·沃斯[3]。当时，我给你写的信越来越少，就像春日里逐渐变少的草莓。嗯，确实如此。

请原谅我又在重复以前的话，我也不知道是否已经写信告诉过你我在阿姆斯特丹时经历过的那些事情了。我去那儿思考，雪好像永远都不会融化似的，哪怕天气很温和。

在一个晴朗的夜里，我沿着皇帝运河[4]步履艰难地走着，寻找那座房子，并且确实找到了。我很自然地按了门铃，仆人告诉我这家主人现在正在吃晚餐。不过后来我还是获准进去了。他们都在屋里，包括简还有那位博学的教授，除了凯。每个人面前都有一个盘子，但一个多余的也没有。这个小细节让我很受打击。他们是想让我觉得凯不在家，所以就拿走了她的盘子，但我知道她就在那里，这完全是一场闹剧或伪装。

过了一会儿我问道（在寻常的短暂交流之后）："凯去哪儿啦？"

然后约翰内斯·斯特里克[5]把我的问题向他妻子重复了一遍："孩子他妈，凯去哪儿啦？"

然后孩子他妈，也是他的妻子回答我说："凯出去了。"

所以当时我没有进一步询问，只是和那位教授聊了聊他刚在阿尔蒂看过的一个展览。然后，那位教授就不知道去哪儿了，简也不见了踪影，约翰内斯·斯特里克和他的妻子一直待在一边。

约翰内斯·斯特里克发表了一番言论，作为一个牧师也是一个父亲，说刚好要寄给我一封信，还要把那封信大声地念出来。

然而我再一次打断了他，问道："凯去哪儿啦？"（因为我知道她还在镇上。）

然后，约翰内斯·斯特里克说："凯一听说你在这儿，就离开了。"现在我总算知道一些有关她的事情了，我必须要向你说清楚，我直到现在都不知道她那冷淡和粗鲁的态度是好是坏。据我所知，我从未见过她对除我之外的其他人表现出如此明显的冷漠、严厉和粗鲁。所以，为了保持冷静，我没有说太多。

"那么给我听听那封信吧，"我说，"或者不念也行，反正我也不太在乎。"

然后他开始念信了。这封信完全是以一个牧师的口吻写的，内容涉猎广泛，因此并没有说什么实际的事情，但似乎是要我停止跟凯通信，并且建议我打消追求凯的念头。信终于念完了。我感觉自己像是在听牧师布道，他念信的声音仿佛一直在唱歌，在教堂里说阿门。它让我感觉和任何普通的布道一样冰冷。

然后我开始尽可能平静而有礼貌地说："是的，我之前经常听到类似这样的说法，但是现在呢？等到了将来呢？"约翰内斯·斯特里克抬起头，他看起来有些担心，我并不完全相信人类的思考和感知能力已经达到了一个极限。根据他的说法，人类的这些能力已经不可能再继续往前发展了。

然后我们继续辩论，姨母常常会插上一个别有用意的字眼儿，我有点生气了，这次我没有动手。约翰内斯·斯特里克并没有对我动粗，可他已经尽力了，尽管他没有确切地说"真该死"，任何一个牧师以他现在的心情都会这么来一句的。

可你知道我爱着父亲和约翰内斯·斯特里克，只是以我的方式，尽管我很不喜欢他们那一套。我转移话题，和他们又聊了一阵儿，以至于在晚上结束的时候，他们能告诉我，只要我愿意，就可以在那儿留宿。

然后我说："谢谢你们的招待，不过如果凯是在刻意回避我的话，我认为我不适合在这儿过夜。我要回到我的住处去。"

然后他们问道："你现在住在哪里啊？"

我说："我还不知道。"然后姨夫和姨母执意要带我去一家便宜的旅馆。

我的天啊，这两位老人陪着我一起穿过寒冷的、浓雾弥漫的、泥泞的街道，给我找了一间物美价廉的旅馆。我一再坚持让他们不要来，可他们执意如此。你看，我从中感受到了人性的温暖，这让我稍稍冷静了一些。

我在阿姆斯特丹又待了两天，和约翰内斯·斯特里克又谈了一次，可我依然没有见到凯，她每次都在刻意地回避我。虽然他们一再劝我打消那个念头，可是他们应该知道，我怎么也办不到。对此，他们一再跟我说，时间会让我想清楚一些事的。

我又和那个教授见了几次面，我不得不说，我们之间的关系有所改善。可是，除此之外，关于他的事我还能再说些什么呢？我告诉他，我真希望他在将来的某一天能够坠入爱河。可是你说，教授们会坠入爱河吗？牧师知道什么是爱吗？

我读了米什莱的《女巫》。像这样的书写得都很现实，可是还有什么比现实生活更现实，比生活本身更生活化呢？而我们这些尽力活下去的人，如果能活得更真实一点该多好啊！

我在阿姆斯特丹的那三天，简直是度日如年。我感觉糟透了，姨夫和姨母虽然对我还算友善，但我能看出那都很勉强，而且我们之间的谈话也进展得很不顺利。到最后我发现自己也很难受，于是自言自语地说："你不想整天都那么忧郁，是吧？"然后我又对自己说："别总自己吓唬自己。"

一个周日的早晨，我最后一次去见约翰内斯·斯特里克，然后对他说："亲爱的姨夫，请听我说，假如凯是一个天使，那么她对我而言就太高贵了，我不认为自己应该爱上一个天使。假如她是一个魔鬼，那么我最好别和她有什么关系。照目前这个情况，我眼中的她就是一个真实的女人，有着女性的激情和冲动，我真的很爱她，我很高兴这是事实。只要她不变成天使或者魔鬼，我对她的爱就不会终结。"

约翰内斯·斯特里克对我的这番话没有做任何回应，他只是说了些关于女性激情的话，我并不太清楚他的意思，然后他就离开去教堂了。从我自己的经历中知道，那里会让人心变得像石头一样坚硬。

所以，就你的哥哥我而言，不会允许自己收到恫吓。可这并不能改变我有一种被恫吓的感觉，就像我久久地站在冷酷而坚硬的白色教堂墙壁外那样。

是的，如果我可以这么说，我亲爱的朋友，要做一个现实主义者可能会有些冒险，可是提奥，提奥，你自己就是一个彻头彻尾的现实主义者，好吧，请容忍我的现实吧！我告诉过你的，在我看来即便是我的那些秘密都算不上是秘密了，好吧，我不会收回那些话，不管你是否赞同我的做法，都不会对这件事产生任何影响了。

我继续说——我从阿姆斯特丹出发，前往哈勒姆⑥，在那里，我和我们亲爱的小妹妹威廉明娜⑦度过了一段非常愉快的时光，和她一起散步。在夜里，我动身返回海牙，到毛沃家时是晚上七点钟左右。

我说：“看这里，毛沃，你本该到埃顿来，尝试着或多或少地让我初步了解颜料的奥秘。但在我看来，如果那样的话，这不只需要几天呢，所以我来找你了。如果你同意的话，我想在这里待上四到六周，可能更长也可能稍短，然后我们可以看看能做些什么。恕我莽撞，一下子向你提出这么多要求。”（我压力很大。）

毛沃没有多说话，只是问我：“你带什么东西来了吗？”

“当然带了，这是我的一些习作。”然后他说了很多很多，对我的画表达了高度的赞赏，不过也提出了一些建议。第二天，我们就开始了静物画研究，他对我说："你在色彩的使用上得稍微收敛一些。"这之后，我做了一些研究尝试，再后来又画了两幅水彩画。

这就是关于我工作的概述，但是用双手和头脑工作并不是生活的全部。

每当上文提到的假想或非虚构的教堂墙壁浮现在我眼前时，我仍然感到冰冷彻骨，换句话说，这寒冷直抵我的灵魂深处。我对自己说，你不能被这种感觉威胁。然后我想，我应该和一个女人一起改变，我不能没有爱情，没有女人。如果生命中没有了无限、深奥、真实的东西，那么我这辈子都不会答应的。

但是，我接着又对自己说，你曾说自己已经认定了她，并且不考虑别人，可现在却又要和别的女人在一起？这不合理，不是吗？这不符合逻辑，不是吗？

我的回答是：谁来主宰，逻辑还是我，是逻辑为我而生还是我为逻辑而生？难道我这一连串不理性的行为真的找不到合理的解释？无论我做得对不对，我都没有选择。那堵该死的墙对我而言实在是太冷了，我需要一个女人，我现在不能，将来也不能没有爱情。我只是一个男人，一个有感情的男人，我必须要有一个女人，不然我会被冻僵或者变成一块石头。简而言之，我会受尽生活的欺侮。

在这种情况下，无论怎样，我与自己进行一场规模浩大的战斗。在这场战斗中的一些事情，我相信关乎一个人体质和健康。我或多或少地从那些痛苦的经历中有所顿悟：一个人不能因为不受惩罚而放弃一个女人太久。我不相信一些人称上帝和其他人为至高无上的存在或其他人的天性，这是不合理的、无情的，总之我得出结论：我想看看自己能不能找到一个女人。

噢，我的天啊，我不用大费周章。我找到了一个女人，算不上年轻，也不怎么漂亮，如你喜欢那样很普通。你可能有点好奇吧。她身材高挑，身材结实，没有凯那样的淑女范儿。但是双手一看就像是做过很多工作。她既不粗鲁也不平庸，她有着一些极具女性气质的东西。她让我想起夏尔丹或弗雷尔甚至扬·斯滕⑧笔下的形象，总之，就是法国人口中的"女工人"。你知道，她有许多忧虑，生活也很艰难。哦，一点也不脱俗，一点也不出众，一点也不特别。

所有的女人，不管她多大年纪，是否拥有爱并且是个好女人，都可以带给男人一个有限的瞬间，但这瞬间的幸福感也是无限的。

提奥，对我来说，我不知道什么能经历岁月的洗礼而依然有着无穷的魅力。噢！对我来说，她真的很有魅力，有点费因-佩兰或佩鲁基诺⑨的感觉。

这并不是我第一次无法抗拒那种特殊感情的感觉，那种特殊的感情和爱上那些被站在布道神坛上的牧师诅咒、谴责和轻视的女人。我不诅咒她们，不谴责她们，也不轻视她们。

你看，我已经快30岁了，你真的认为我从未渴望过爱吗？凯的年纪比我大，她过去也知道爱情的滋味，但相比爱情她对我来说更珍贵。在爱情面前，她并非毫无经验，而我也不是。

如果她难忘旧爱，不愿意开始一段新的感情，那是她的事；但是如果她坚持这样做并且继续对我态度冷漠，那么我将不会再在她身上浪费精力和感情。不，我拒绝那样做，我爱她，但是我不容许自己因为她而变得刻板，终日失魂落魄。而我们所需要的激励是爱，而并非神秘的爱。

这个女人从未欺骗我——噢，那些把所有这样的女人都当作骗子的人都大错特错，而且纯属偏见。那个女人对我很好，非常好，非常疼爱，非常友善，在某种程度上说，我甚至都不应该告诉你，因为我强烈怀疑你也有过类似的体验，这对你更好。

我们在一起花销很大吗？不，因为我没有多少钱，并且我对她说："听着，你和我不需要把自己灌醉去感受彼此，你最好从口袋里把我节省的钱都放到你的口袋里。"我真希望自己能多省下一些钱，因为她值得我这么做。我们无话不谈，聊她的生活，她的烦恼，她的痛苦，她的健康。和她相比我说的话更令人振奋，例如，关于我的学习、教授的表扬。

我现在告诉你这些，是希望你能意识到这些，尽管我也有同感，我不想以一种愚蠢的方式而显得多愁善感。我仍让自己保持热情和活力、头脑清醒、身体健康以便能够工作。而且我想象我爱着凯。就此而论，为了她，我不想情绪低落地工作，也不会让自己偏离正轨。

有些事你会明白的，你在信中写了一些关于健康的问题。你说你最近身体一直不太好——正在尽力恢复。

那些牧师称我们是罪人，生而有罪。呸！这真是胡说八道。难道爱是一种罪恶，感受爱的需要，没有爱情就活不下去是有罪的吗？我认为没有爱情的人生才是罪恶并且不道德的。

如果说有什么事让我感到后悔的话，那就是在那段时间里，我被神秘和神学的玄妙迷惑，把太多精力放在了研究自我之上。我已经逐渐调整自己的内心。当你在清晨醒来，发现自己不再是一个人，而是在暗光中看到一个人，这让世界也变得更加友好，比受牧师们爱戴的虔诚的刊物和粉饰的教堂更受欢迎。她住在一个温和、简单的小房间里，朴素的墙纸赋予了一种宁静的灰色调，但是却像夏尔丹笔下的画作一样温暖。木地板上铺着一块垫子以及一块旧的暗红色地毯，一个普通的厨用炉子，一个衣橱，一张大而简单的床，简言之，这是一个真正的工人家庭。第一天，她不得不在洗衣用的大木盆旁工作。说句公道话，我觉得她穿紫色的背心和黑色的裙子并不比我现在穿棕色或红灰色的衣服更有魅力。她已经不再年轻了，或许和凯·沃斯一般大。她已经有了一个孩子，是的，青春已逝，留下了生命的印记。已经消逝了吗？但是她一点也不像老女人。她还很强壮，很健康，但不粗俗，也不普通。

那些如此看重这种差异的人是否有能力认出杰出的人呢？上帝啊，人们在他们眼皮子底下到处寻找什么是正确的，我有时也这样做。

我很开心我正在按照我所说的做了，因为我想不出任何世俗的理由不工作或者让我失去好心情。

当我想到凯·沃斯时，是的，我仍然会说，她无人可比，然后我仍然认为，就像我这个夏天做的那样，在寻找另外一个女孩儿。但是一直以来，我对那些被牧师谴责、鄙视、诅咒的妇女产生了浓厚的兴趣，事实上，我对她们的爱比对凯·沃斯的爱还要久远。很多时候我独自走在街上消磨时间，病恹恹的，身无分文。我会看着那些女人们并且羡慕那些和她们同行的人，我会觉得就生活环境和经历而言，那些可怜的女孩儿就是我的姐妹。你看，这就是我以前的感觉，并且越来越深刻。正如在我还是一个男孩儿的时候，我常常怀着无限的同情和尊敬抬头仰望，看到女性衰老的面容，刻写着这样的话语：生活和现实都在这里留下了它们的印记。

但是我对凯·沃斯的感觉是全新的，也是完全不同的。没有意识到这一点，她被困在某种牢笼中，经济上也很拮据，不能做自己喜欢做的事情，她有一种听天由命的感觉，并且我坚信牧师的教义和虔诚的女士们对她的影响比对我的更深远。那些教义，恰恰因为我已经获得了一些内部信息，现在的我不受任何控制。但是她对此是非常虔诚的，并且会惧怕触犯教义和上帝，还有我不知道的其他东西，这一切都已经被证明是徒劳的。

我不认为她会想到，上帝只会在我们说"啊，天哪，根本就没有上帝"的时候出现。那是穆尔塔图里⑩对一个异教徒的祈祷时说的话。你看，对我来说牧师的上帝已经死了。但这是否意味着我是一个无神论者呢？牧师认为我是这样的人——

但是你看，我能感受到爱，如果我没有活着，又或者别人没有活着，我又怎么能感受到爱呢？现在我们称它为上帝、人类的本性或者任何你喜欢的东西，但是有一种东西我不能系统地定义，尽管它非常真实地存在，你看，对我而言，它就是上帝或者与上帝一样好。你看，在适当的时候，我的时间到了，无论怎样，死神就会到来，我的生命会以这样或那样的方式终结。那么，什么能让我继续活下去呢？难道不是爱吗？（道德或不道德的爱，我哪里知道？）

上帝呀，我有上千个理由去爱凯·沃斯，但恰恰是因为我相信生活和一些真实存在的东西，考虑到我和凯·沃斯在关于上帝和宗教的理解上或多或少地有了些共通之处，我对上帝和宗教的理解已经不再像以前那样习惯于抽象了。我没有放弃她，但她也许正在和自己的内心做斗争，这需要时间，我准备耐心等待，她现在所说或所做的一切都不会让我生气。但是，当她珍惜并且依附于旧观念的时候，我必须绘制可以卖得出去的画作以保持清醒的头脑。所以我所做的一切都是出于对爱和心理健康的需要。

我把这一切都告诉你，以免你认为我在郁闷或者心不在焉。相反，大部分的时间我都在闲散地思考绘画作品、制作水彩画、寻找画室等。我的老伙伴，要是可以找到一个合适的画室该多好呀！

好吧，我的信已经很长了，想写的都写了。毛沃让我在未来三个月内都不要去他家，我多么希望这三个月的时间赶快过去，但他这么说也许是为了我好。你一定要经常地给我写信，今年冬天你有机会来这里吗？

相信我，在没有搞清楚毛沃的意图前，我是不会租画室的。我会按照约定寄给他平面图，如果需要，他可以亲自到这里看看，但是父亲一定不要插手此事。父亲并不是一个能处理艺术事务的人，我和父亲接触得越少，跟他的关系越好。我必须在许多方面保持自由和独立，这毋庸置疑。

每当我想到凯·沃斯无法走出过去，坚持死板和守旧的观点时，就会不寒而栗。有一些东西是很致命的，而且，哦，如果她改变对我的看法，我不会使她失望的。我不认为她会那么无动于衷，因为她已经逐渐在恢复健康和活力。

因此，我3月份要回一趟海牙，还要去趟阿姆斯特丹。但是当我离开阿姆斯特丹时，我告诉自己：无论在任何情况下，都不能变得忧郁或者沮丧，当开始有所进展的时候肯定会遭受一些痛苦。春天的时候吃草莓确实是我生活的一部分，但那只是一年中一段短暂时光，现在离这一天还有很长的路要走。

所以你还会因为一些原因或者别的什么而妒忌我吗？啊，我亲爱的朋友，没有必要那样，因为我能找到的东西别人也都可能找到，或许你还会比我更早找到。啊，我在许多事情上都是如此的落后和狭隘，但愿我能知道问题的所在，以及如何才能把事情做好。但是，哎，我们自己常常很难发现这些。

尽快给我写信，并且试着从我的信中区分出有价值和无价值的东西。如果信里面有一些好的东西、一些真理，那很好，但是，当然，其中也或多或少有一些错误，或者是被夸大的，我并没有意识到。我不是一个有学问的人，我是如此无知，啊，正如许多人一样，甚至比其他人都无知，但我还不能自我评判，更不能评判比我更差的人，而且我经常会出错。但在徘徊的时候，我还是可以察觉到。

顺便问下，你听过毛沃的说教吗？我听过他模仿过一些牧师——有一次他讲了彼得的船。布道分为三个部分，第一部分是船是别人给他的还是由他继承的？第二部分是他是分期付款买的还是持有股份？第三部分是他要偷走船（可怕的想法）吗？然后他继续宣讲关于"上帝的好意"，宣讲关于底格里斯河和幼发拉底河，最后他模仿了约翰内斯·斯特里克在安娜·卡本特斯⑪和莱康特的婚礼上的祝词。

但当我告诉他，我曾经和神父讨论过，我确信即使在教堂里，甚至在讲坛上，一个人也可以说一些有教化意味的东西时，毛沃表示同意。然后他又模仿了伯纳德神父的布道词："上帝，上帝是万能的，他创造了海洋，他创造了陆地，他创造了天空以及星星、太阳和月亮。他可以做一切事情——一切。但是——不，他不是万能的，有一件事情他不能做。什么事情是连万能的上帝都不能做的呢？万能的上帝不能驱逐一个罪人。"

好吧，再见了，提奥，尽快写信，向你致意，相信我。

敬启

文森特

【注释】

①布拉班特（*Brabant*）地区现分属于荷兰和比利时两国，在信中应该是指令荷兰的北布拉班特省。

②儒勒·米什莱（*Jules Michelet*，1798—1874），在近代历史研究领域中成绩卓越，被学术界称为"法国最早和最伟大的民族主义和浪漫主义历史学家"。

③凯·沃斯（*Kee Vos-Stricker*，1846—1918），凡·高的表姐，比凡·高大3岁。28岁的凡·高回乡探亲时对凯·沃斯一见钟情，可是被她拒绝。凡·高内心煎熬不已，甚至一度自残。

④皇帝运河（*Keizersgracht*），是阿姆斯特丹市中心三条主要运河中最宽的一条，得名于神圣罗马帝国皇帝马克西米连一世。

⑤约翰内斯·斯特里克（*Johannes Paulus Stricker*，1816—1886），凡·高的姨夫，他在阿姆斯特丹是一位受人尊敬的神学家。

⑥哈勒姆，位于荷兰西部的北荷兰省，阿姆斯特丹的西部，是该省的首府，为欧洲人口最多的城市之一。该城市为荷兰最古老的小城之一，以盛产郁金香闻名，被誉为"花城"。

⑦威廉明娜（*Wilhelmina Jacoba van Gogh*，1862—1941），是一名护士和早期的女权主义者，也是凡·高和提奥最小的妹妹。

⑧夏尔丹（*Chardin, Jean-Baptiste-Siméon*，1699—1779），法国画家。扬·斯滕（*Jan Havickszoon Steen*，1626—1679），17世纪荷兰"黄金时代"画家。

⑨费因-佩兰（*Auguste Feyen-Perrin*，1826—1888），法国画家、雕刻家和插画家。佩鲁基诺（*Perugino*，1450—1523），15世纪意大利著名的壁画家。

⑩穆尔塔图里（*Multatuli*，1820—1887），荷兰小说家、散文家。

⑪安娜·卡本特斯（*Anna Carbentus*），凡·高的表妹。

海牙

1881.12—1883.09

海牙，1881年12月29日

亲爱的提奥：

感谢你的来信和随信所附邮件。我收到信的时候又回到了埃顿。正如我告诉你的，我已经和毛沃安排好了。但现在你看，我又回到了海牙。圣诞节那天，我和父亲发生了激烈冲突，父亲告诉我最好离开家。嗯，他说得那么坚决，我实际上就是在当天离开的。

冲突爆发的真正原因是我没有去教堂，而且如果去教堂是强制性的，如果我是被迫去的话，那我肯定不会出于礼貌而再去教堂了，就像我在埃顿时会定期去教堂一样。但是，哦，事实上，这一切的背后还有更多的东西，包括今年夏天我和凯之间所发生的一切。

我不记得我这辈子曾发过这么大的脾气。坦率地说，我认为他们整个宗教体系都很可怕，只是因为在我生命中的痛苦时期，我对这些问题研究得太深入了我不想再去想它们，一定要弄清楚它们，就像要弄清楚什么东西会致命一样。

我是不是太生气了，太暴力了？或许吧——但即便如此，这个问题现在已经解决了，一劳永逸。

我回到毛沃那里，说："听着，毛沃，我不能再待在埃顿了，我必须去别的地方，最好是这里。"

然后，毛沃说："那就留下来。"

所以我在这里租了一个工作室，换言之，是一个房间和一个壁龛，事先准备好的，很便宜，在城郊，在申克维尔路，从毛沃那里出发只有10分钟车程。父亲说如果我想要钱，必要时他会借给我，但现在不可能了，我必须脱离父亲独立。该怎么做？我还不知道，但如果必要的话，毛沃会帮助我，我希望并相信你也会。当然我会努力工作，尽我所能去挣点钱。

现在轮到我了，而木已成舟。在一个不方便的时刻，该怎样才能获得帮助呢？

我必须有一些简单的家具，此外，我所有的绘画材料费用都将增加。

我还必须试着穿得更好一些。

这是一件冒险的事情，是一个事关成败的问题。但总有一天我应该要安顿好自己，我该怎么说呢？事情发生得比我预料的快。至于我和父亲之间的关系，这不会那么容易改善。我们意见分歧太大了。这对我来说是个艰难的过程，情绪涨得很高，几乎脱口欲出，也许还会涨得更高——我怎么知道？但我将与之战斗，并付出我昂贵的生命，试图赢得胜利并从中获益。

1月1日我将搬进新的工作室。我需要最简单的家具，一张木桌子和几把椅子。我会更满意地板上的毯子而非床。但毛沃要我去找张床，必要时会借给我钱。

你能想象，我有很多担心和忧虑。但它仍然给我一种满足感，我已经走了这么远，不能再回去了，虽然道路可能很艰难，但我现在清楚地看到它摆在我面前。

当然，我必须问你，提奥，如果你偶尔送给我一些不会给你带来不便的东西，把它寄给我而不是给别人，因为如果可能的话，我们决不能把毛沃牵扯进财政事务中。他在艺术方面给我的建议已经有了巨大的价值。但他坚持要我买一张床和几件家具。他说，必要时他会借给我钱。按他的说法，我必须穿得好一点儿，不要太吝啬。

我很快会给你写更详细的信。我不认为事情发展到这个地步是一种不幸，相反，尽管有各种各样的情绪，我还是感到某种平静。危险之中有安全。如果我们没有勇气去尝试什么，那生活会是什么样子？

我走遍所有地方，无论是在城里还是在席凡宁根，都是为了找到那个工作室。

席凡宁根的价格非常贵。这个工作室一个月要花7荷兰盾——正是那些家具使它这么贵。但是，一旦一个人有了自己的房子，那就是一笔不错的财产，给人以更坚实的基础。光线来自南面，但窗户又大又高，我想过段时间房间会看起来很舒适。你可以想象我有多么兴奋。一年后我的工作会怎样？如果我能表达我的感受就好了！好吧，毛沃明白这一切，他会尽可能多地给我提供技术建议——那些填满我头脑和内心的东西必须用图纸或图片来表达。

毛沃本人正忙着画一幅大尺寸画作，描绘的是在远处的沙丘上有条渔船，沙丘旁有几匹马。

我觉得在海牙很愉快，我在这里发现了许多美丽的东西，我必须尝试去表达一些东西。再见，兄弟，向你致意，很快就写完了，相信我。

你真诚的

文森特

我还剩一点钱，但能维持多久？我必须在旅馆住到1月1日。给你写上地址：安东·毛沃，乌里博门街198号。我几乎每天都去那里。

海牙，1882年7月21日

亲爱的弟弟：

　　我知道现在夜已经很深了，但我还是想再给你写几句话。你不在我身边——但我需要你，虽然我感觉我们相距不远。

　　今天，我给自己许诺了一件事，那就是，要去治病，或者更确切地说是治疗残留的病根，好像它已经不存在一样。我已经耗费掉太多宝贵时间，工作必须有所进展。

　　所以，不管健康状况好坏，我都应该继续从早到晚有规律地作画。我不想让任何人再对我说："噢，那些都只是些很久以前的画了。"

　　我今天画的是一幅带有一些色彩的婴儿摇篮图。我也在画一些像我最近寄给你的草地画那样的作品。

　　我不太喜欢我这双手，太苍白了，这太糟糕了。我准备重新回到室外创作了，即使这样做会消耗我大量的精力而导致病情复发，那也比我再也不能创作了要强。

　　艺术是会嫉妒的，她不甘于病痛之后。所以我得迁就她。

所以，我希望，您应该立刻接受一些更有理由去接纳的事情。

像我这样的人没有资格生病。我想跟你说清楚我是如何看待艺术的。一个人要达到真正的艺术境界，就必须长期认真地投身于创作之中。

要达到我心中设定的目标很难，但我并不认为我把目标定得过高。我想画出让某些人为之惊艳的作品。

《悲伤》（图004）只是一个小小的开始，也许像《米尔德沃特大街》《里斯维克草地》以及《晾鱼干的仓房》这样的小风景画一样都只是小小的开始。至少在这些画里有一些出自我内心的情感。我想要表达的，不论是肖像还是风景，都不只是让人感到伤感或忧郁，而应是深深的痛苦。简言之，且不论我所谓的粗俗，我想让人们这样评价我的作品：这个画家不但深思熟虑，而且手法很很细腻——你理解吗？这个想法现在听起

来似乎有些自命不凡，但这正是我希望在我的作品中投入全部心血的原因。

在他人眼中，我是什么样子——一个无足轻重、古怪或者讨厌的家伙，也就是一个不管现在还是未来，都无法被社会接受的人，简而言之，就是比废物还不如。

好吧，也许的确如此。那么总有一天，我要用我的作品向世人呈现这样一个古怪的、可有可无的人，内心所不为人知的一面。

这就是我的志向，与其说出于恨，不如是出于爱，并非出于热情，而是基于内心的静谧。

即使我有时必须对抗各种困难，但我仍然可以感受到内心平静、纯粹的和谐的乐音。我在最穷苦的乡村里，在最肮脏的角落里看到绘画和图纸。我的精神总是受一种不可抗拒的力量驱使，向它们前进。

我渐渐摆脱了一些事情对我的掌控，它们越是如此，我的目光就越是集中在那些风景如画的地方上。艺术需要坚毅果敢，需要忘我的工作态度和长期持续的观察。我所说的是指持之以恒地不断努力，同样也是我们在力抗他人断言的时候，坚持自己观点的力量。

我并非完全没有希望，弟弟，用不了几年，甚至就是现在，渐渐地你就会看到，在你为我做出了牺牲后，我做的那些事能给你带来回报。

最近我没什么与画家们进行讨论的机会。我并没感觉有什么不妥。比起倾听画家们的话，我们更需要留神静听理解大自然的教诲。我现在比六个月前更能明白毛沃说的那句话了："别跟我讨论杜佩雷①，我宁愿听你聊聊那条沟的堤岸之类的东西。"这句话乍听起来可能有些奇怪，但却绝对正确。就真实而言，对事物内在的本质感受比对图像的感受更重要，无论如何，它更丰富，也更具有活力。

因为我现在对艺术和生活有一种宏观的感受，我认为艺术是生命的本质，当像特斯提格这样的人无所事事只知道折磨别人的时候，这句话听起来是那么的刺耳和虚伪。

就我而言，我认为许多现代画作都有一种老派画作所缺乏的特殊魅力。对我来说，对艺术的表达水准最高也最高雅的是英国人，比如密莱司、赫克默②和弗朗西斯·霍尔③。我想说的是，至于古代艺术和现代艺术的差异——或许现代画家比较善于思考。

在表现感伤上，新旧时代的艺术家们有很大的差异，打个比方，密莱司的《寒冷的十月》和雷斯达尔④的《欧威尔文⑤的空地》。同样地，霍尔的《爱尔兰移民》和伦勃朗的《读圣经的女人》也是如此。伦勃朗和雷斯达尔的画似乎都很崇高，对于我们，也如同他们对于那个时代的画家而言。现代画家的作品中有一些更人性化、更私密之处，那正是他们更吸引我们的地方。

这和斯温⑥的木版画和古代德国大师们的作品给人的感觉一样。

因此，当几年前现代画家们认为仿古风格风靡一时，这是一种误解。那就是为什么我认同老米勒的那句话："有些人总喜欢与众不同，这在我看来实在可笑。"这或许像是老生常谈，可我却认为它像海洋一般深不可测，而我个人却铭记于心。

我只是想写信告诉你，我要重新开始有规律地工作了，而且我必须这么做——我只想补充一点，非常期待你的回信——至于其他的，希望你能睡个好觉。再见，致敬。

敬启

文森特

请记得，如果可以的话，随函附上一份厚厚的安格尔纸。我手里的不多了。我可以在厚厚的鱼鳍上画上水彩，但在没有鱼鳍的地方，它总是会变得模糊，这不是我的错。我希望坚持不懈地忙个不停。我今天又画了一幅婴儿摇篮图，在各处都涂上颜色。我相信，这只摇篮我可以认真地画上好几百回。

【注释】

①杜佩雷（Jules Dupre，1812—1889），法国巴比松画派画家，被称为"第一个浪漫派画家"。

②密莱司（John Everett Millais，1829—1896），英国画家，前拉斐尔派的创始人之一。赫克默（Hubertvon Herkomer，1849—1914），德国出生的英国肖像画家，尤其擅长男性肖像画，同时也是

电影导演和作曲家的先驱。

　　③弗朗西斯·霍尔（*Francis Montague Holl*，1845—1888），英国画家和皇家肖像画家。原信中凡·高写作"*Frank Holl*"，疑为简称。

　　④雷斯达尔（*Jacobvan Ruisdael*，1628—1682），17世纪荷兰最为出名的风景画家之一，也是荷兰古典主义风景画的先驱。

　　⑤欧威尔文（*Overveen*），荷兰北部的一个小镇。

　　⑥斯温（*Joseph Swain*，1820—1909），英国艺术家，19世纪最多产的木雕画家之一。

海牙，1882年8月15日

亲爱的弟弟：

　　请不要太责怪我再次给你写信——我只是想告诉你，绘画带给我何等的乐趣。上周六的晚上，我开始创作一幅我构思已久的画：

　　在一片翠绿平坦的草原上，点缀着一堆堆的干草。一条煤渣路沿着笔直的沟渠穿插其中。画面的中央，一轮火红的太阳矗立在地平线上。

　　我不可能在这里快速画出效果，但这是合成图。

　　然而整个画面都是各式颜色和色调，是空气中各种颜色渐变产生的共鸣，首先，红色的太阳被淡紫色的薄雾笼罩，藏身在一团镶衬着红色细边的深紫色云朵之下，染出一抹紫雾。阳光略带朱红，上头的一抹黄渐渐转为绿色，而后变成蓝色，最后化作一片最细致的蔚蓝，画中到处都是淡紫色或灰色的云朵，镀着太阳的金光。

　　大地是一片浓厚的翠绿、灰蒙和棕褐色，质地宛若地毯，充满了光明、暗影和生机。沟渠中的流水闪耀着光芒，在泥土间流淌，很像埃米尔·布雷东①的风格。

然后我画了一大片连绵的沙丘布满画作——涂上厚厚的颜色。

至于这两幅画，小幅海景画和马铃薯田，我相信没有人会认为这是我首次习作的成果。

说实话，我有点惊讶。我原本以为这幅处女作会一无是处，尽管以后会有所改善，我想，即便我自己也承认，这画看起来还真是不错。这也正是让我大为惊讶之处。

我相信那是因为，我在正式动笔前，已经花了很长时间认真研究过素描和透视技法，以便能把眼中所见的景物描绘出来。

自从买了画笔和颜料，我就沉迷于作画之中，以至于此刻已经精疲力竭，我已经接连画了7幅作品！这里还有一幅画，画的是在阳光普照的沙丘的映衬下，在一棵大树的树荫下有一位母亲带着一个孩子。

一幅很有意大利风格的作品。

我简直无法克制自己——我真的有些撑不住了，但我放不下作品，也没法好好休息。

你或许知道，有个画社的展览。展览上有一幅毛沃的画——一个在织布机上的女人，或许是来自德伦特——我觉得非常好。

你可能在特斯提格的作品中见过一些。以色列有很多优秀的作品，其中有一幅魏森布鲁赫②的肖像画，他嘴里叼着烟斗，手里拿着调色板。还有魏森布鲁赫的画作，有风景画，还有海景画。

雅各布·马里斯有一幅很大的画，画中的城镇风景令人惊叹。威廉·马里斯的《母猪和小猪》《奶牛》等作品也都不错。还有纽格里斯、杜·查特尔③、梅斯达格的作品。

最后，且不论一幅壮丽的大幅海景画，还有两幅瑞士风格的作品，我感觉很空洞，也很笨拙，但是那幅海景画的确很壮观。

伊斯拉埃尔斯还有四幅大型画作——《窗边的女孩》《猪圈边的孩子们》《沙龙小画像的素描画》《暮色中生火的老妇

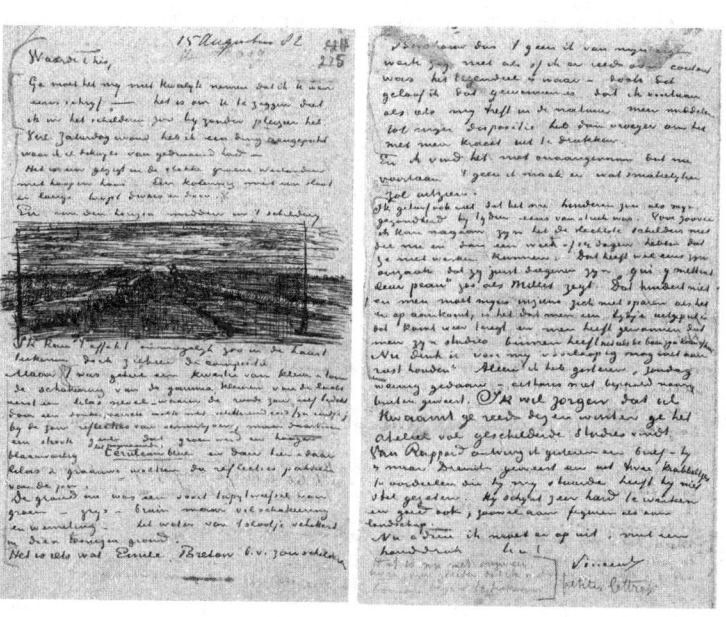

人》——当时都是为《艺术纪事报》所刻的。

看到这样的事情是非常振奋人心的，因为我知道自己还有很多东西要学。

但是我也要说——当我作画时，我感到那些有色彩的东西一下子跃然在眼前，充满了广度和力度，这是我以往从未见过的。我不会立刻寄给你什么东西——需要先让它成熟一些——但是你应该知道我充满热情，相信现在一切都很顺利。

然而对我而言，这恰恰是推动我学习仍然需要的东西的理由。

说这些，好像我很满意自己的作品似的，但其实正相反。不过，我现在已经进步到每当大自然有任何事物正好让我产生灵感，我都能掌握得更多，并且用更有力度的技法表现出来。

从现在开始，我的作品看起来会更加吸引人，我并不觉得这会令人不快。

我也不认为倘若我的健康出现了什么问题会产生什么困扰。据我所知，画家偶尔会有一两个星期没办法创作，并不能算糟糕。这或许是因为他把心和灵魂都投入其中，就像米勒说的"倾其心力"那样。那没有关系，在我看来，一个人不应该站在旁观的角度去讨论创意。或许你会有一段时间筋疲力尽，但很快就能够恢复元气，而且至少还能因为画出许多作品而更感到富足，就像农民储藏大捆的玉米或干草那样。

就我而言，目前我还没打算休息。但是昨天，就是星期天，我什么都没做，至少没有出门。我想确定的是，即便你在今年冬天就来了，也能发现画室里全是绘画作品。

昨天我收到了一封拉帕德寄来的信。他到过那里，根据他寄来的两张草图，他没有闲着。他好像很努力，在人物画和风景画上都很努力。

好了，再见，我必须出去，致敬。

敬启

文森特

算起来，从我开始在博里纳日的画室作画起，差不多有两年了。

【注释】

①埃米尔·布雷东（*émile Breton*，1831—1902），19世纪法国画家、雕刻家。

②魏森布鲁赫（*Jan Hendrik Weissenbruch*，1824—1903），荷兰画家，以水彩画著称。

③杜·查特尔（*Fredericusvan Rossum du Chattel*，1856—1917），荷兰画家。

海牙，1882年9月3日

亲爱的提奥：

我已经收到你饱含热情的来信，趁着我今天休息，我立刻开始给你回信。对于你信中的附件以及你在信中所写到的各种各样的事情，我表示感谢。

我认为你在信中对蒙马特工人场景的描绘是最为有趣的。因为你将色彩传达得非常好，以至它们就在我眼前。我很高兴你正在阅读加瓦尔尼的书，我觉得它非常有意思，并且让我爱上了龚古尔兄弟①。

或许法国及其郊区很美，但是我们也不能抱怨这里。这个星期我画了一幅画，我相信它将会勾起你对席凡宁根的一点回忆，就像我们曾经一起走到那儿所看到的那样。那是一幅有关沙滩、海洋、天空的画作——一大片泛着柔和灰色和温暖白色的天空，一小块儿柔软的闪烁着蓝色光芒的大地。沙滩和海也是明亮的，因此整个画面呈现出金黄色，但是一些小人和渔帆船被赋予了耀眼而独特的色调，让整幅作品生机盎然，同时也证明了色彩的价值。这幅素描的主题是一艘正在抛锚的帆船，岸边有几匹马紧紧拉着它，直到把它拖到海里去。我随信附上一份草稿。我希望我能在画板或帆布上画，这真的很费劲。我试着融入更多色彩，即色彩的深度和力度。

这很奇妙，你和我竟然常常心灵相通。比如说，昨天晚上，我刚从森林中画完一幅作品回来，这一周我都在专注于增加色彩强度的问题，我非常愿意拿我刚画好的作品跟你谈论这个问题。结果你瞧，你今早的来信，刚好提到你被蒙马特那强烈而协调的色彩所打动。我不清楚这是否和我们看到的一样，但我确信，这同样会感染到你。我会送你一幅有关这个主题的素描，并且告诉你它的问题在哪儿。

这时候，森林里已是深秋——还有一些我极少在荷兰绘画中见到的色彩效果。

昨晚，我忙着画树林中的缓坡，缓坡上面被干燥腐烂的山毛榉树叶覆盖。缓坡上的红棕色深浅不一，最突出的是，榉树明暗交错的阴影形成或稀疏或浓厚的纹路，横落在缓坡上。我意识到，画这里最难且最麻烦的地方，就是要成功地抓住色彩的深度，以及土地强大的力量和踏实感。当我在绘画时才注意到，即使在昏暗中也有光线存在。要保持这些光线的丰富多彩、绚丽夺目，同时又不失丰富色彩的深度。一片深红棕色的土地沐浴在秋日傍晚的余晖中，而这光辉又因穿过树林间而更显柔和，很难想象有哪块华丽地毯的光泽能够掩盖它。

树龄短的山毛榉树露出地面苗壮生长，向阳的一面在清澈的光线下呈现出耀眼的亮绿色，而树干的阴影面则是温暖、强烈的墨绿色。这些树身背后和红棕色土地上是一片天空，柔和的蓝灰色和暖灰色——那几乎不能称作蓝。在前方与之相对的还有一片朦胧的绿色，和长着片片金色叶子的树林。几个农民正在拾柴，那缓缓前行的身影如同神秘的黑影。一个戴着白色软帽的女人正弯下腰捡起干树枝，那白色软帽在一片深红棕色的土地中异常显眼。一条裙子捕捉到光线生出阴影，树林远处边缘出现了一个男人的黑色轮廓。白色软帽、肩膀和女人的半身像在天空的映衬下格外显眼。这些身影高大，而且充满诗意，在朦胧的深影中，好似画室里的巨大陶罐。以上就是我为你描述的大自然。我不知道我在画作中会达成多少效果，只能说我对绿、红、黑、黄、蓝、灰各色之间的和谐度非常惊讶。这很像德葛洛斯[②]的风格，就像他那幅《募兵出征》的草稿效果那样。

绘制这幅画是一项艰苦的工作。光是画土地就用掉了我一条半的白色颜料，可是颜色看起来还是很暗。我还运用了红、黄、棕、赭、黑、黄赭、深褐等颜色，来营造出介于深褐色到深酒红色之间各种红棕色调。还有苔藓和一小片鲜草，想要捕捉到它们在阳光下闪耀的效果很难。最后你看到了这样一幅草稿，不管怎么说，我认为它有一定的意义，仍有一些内容值得挖掘。

当我在画这幅画时，我告诉自己：在作品尚未捕捉到秋日傍晚的氛围前不能离开，因为它是那样玄妙，那样严肃。

然而，这样的效果不能持续太久，我必须画得快些。要用快速、有力、稳重的笔触完成画作中所有的事物。修长的树干牢牢根植于大地，同样令我感动。我开始用画笔描绘它们，虽然已经涂上了厚厚的颜色，但还是没能表现出土壤的特质，画笔一画上去，笔触就在上面消失无踪了。所以我只能直接用颜料挤出树根和树干，再用笔刷轻轻勾画出形状。是的，现在它们看起来的确就像是矗立在土壤间，牢牢扎根于土壤，茁壮成长。

从某种程度上说，我很庆幸自己从未学过绘画。否则，我应该会学到忽略这样的效果。但如今我却说，不，这正是我想要的效果，如果不行，那就是真的不行。我仍想要去尝试，即使我不知道该怎样表现。不过我真不知道自己是如何绘画的。我只是带上一块白色的画板，找到一块适当的位置，看着引起我注意的场景，思索着眼前的事物，然后告诉自己：这块白色的画板必须要画出什么东西来不可。带着不太满意的画回到家，我将它先放置一旁不看，休息片刻后，我回到画前，用一种疑虑的心情重新审视它。但即便这样我也仍不满意。因为我的脑海里仍然清楚地印着那不可思议的自然景象，我从我的作品中也能找到打动我自己的地方，我能感觉到大自然在向我倾诉了一些东西，而我已用速写法将其记录下来。或许我速写的内容包含一些无法理解的东西，可能也有些错误和遗漏，但其中还是有一些森林、沙滩或其他东西所传达给我的东西。这些话语绝非是出自于自然之外、乏味枯燥的语系。

我用同样的方法还画了一幅沙丘上的痕迹。那儿有低矮的灌木丛，叶子一边是白色的，另一边则是深绿色的。它们不断地摇动，闪烁着光芒。越过灌木丛则是深密的树林。

正如你所察觉到的，我正全身心地沉浸在绘画之中，并且与色彩紧密相连。截至此刻，我对此仍有保留，但我不后悔。

如果我不能绘画，那么我也许不会对那些未完成的陶罐有什么感觉，也不会尝试画它们。但现在，我感觉自己置身于公海上，必须倾尽全力继续创作。

如果我在画板或帆布上创作，那么成本会再次增加，所有东西都很贵，颜料也如此，并且用得很快。好吧，这些是所有画家都会面临的问题，我们必须想想有什么办法。我很确信我对色彩的感觉很强烈，即绘画已深入到我的骨髓。我很感激你这样忠诚而坚定地支持我。我也非常想念你，我多么希望我的作品充实、严肃、有力量，让它也尽可能带给你一些快乐。

有一件很重要的事想要你注意。你能否买到一些便宜的颜料、画板、画笔之类的呢？现在我没钱大批量购买这些东西了。你和帕亚尔③或者相关人士还有联系吗？如果有的话，在我看来，那就能买到性价比高的颜料，或者干脆大量批发，比如白色、赭色、土黄色之类的颜色，而且我们也能够就钱的问题做一些安排。当然那样会更便宜。挥霍颜料的人不一定会成为画家。但是为了将力道灌注在画中的土地上，或是呈现出天空蓝的清澈感，有时我们不能拘泥于一两管颜料。

有时候创作主题只需要画得浅浅的，但有时为表现事物本身的特质就必须要涂上很厚重的色彩。比如说，在毛沃的工作室——他的用色非常适中，可以与雅各布·马里斯相比，甚至与更伟大的米勒或杜佩雷比肩。他有许多只放了支颜料空管的雪茄盒子，就像左拉笔下所描绘的晚宴过后房间角落里散落着遗留的空酒瓶的场景④。现在倘若这个月还有额外的收入那就太好了。如果没有，那就没有吧。我还是要尽全力工作。你询问我的健康状况怎么样，那你的身体还好吗？我想我的治疗方法或许也适合你。那就是到户外去，绘画。我很好，即使在疲惫的时候我仍然很烦恼，但我的身体状况正在好转而并非变得更糟。我相信过着这样尽可能节俭规律的生活是件好事，但对我来说更主要的治疗方法还是绘画。

我真诚地希望你能幸福，请允许我在思想上向你致意。

敬启

文森特

如你所见，你将会在航海素描中看到一种金黄色的、柔和的效果，在森林中感受到更加忧郁、庄重的氛围。我很高兴它们都存在于生活中。

【注释】

①龚古尔兄弟，即埃德蒙·德·龚古尔（*Edmond de Goncourt*，1822—1896）和朱尔斯·德·龚古尔（*Jules de Goncourt*，1830—1870）兄弟，法国自然主义作家。两兄弟毕生形影不离，都没有结婚。他们共同创作，献身于艺术和文学。

②德葛洛斯（*Charles Camille Auguste Degroux*，1825—1870），比利时画家。

③帕亚尔（*Henri Pierre Paillard*，1844—1912），法国画家。

④这里指左拉的小说《小酒店》第七章中，对生日宴会场景的描述。

海牙，1882年10月1日

亲爱的提奥：

我已经收到你的来信，非常感谢。

这几天，我一直在画水彩画。随信附上一幅大作品的小草图。你或许还记得位于斯普伊大街①街口的莫吉曼州彩票办公室，有一天早上下雨，有一群人站在外面等着买彩票。他们中

大多数都是老年妇女，那些根本搞不清楚是做什么、靠什么生活的人，但是显然他们都是一群为生活而烦恼的人。

当然，从表面上看，那些对"今日大奖"如此重视的人会让你我都觉得好笑，因为我们对彩票毫无兴趣。

但是，我被那一小拨人以及他们期待的神情所打动，当我画这幅草稿时，它比我第一眼看见这个场景时的意义更深刻。在我看来，如果把这幅画命名为《穷人与金钱》，它就具有更重要的意义。

然而，几乎所有的人群都是这样的——人们需要思考一下，才能明白自己看到了什么。他们对彩票怀有浓厚的兴趣和幻想，而彩票对我们来说似乎相当幼稚，但当我们想到与之相关的人时，我们的确应该认真思考：他们为了寻求救济品所经历的痛苦和努力，正如他们所想的那样，彩票或许可以为他们的食物买单。

不论怎样，我正在创作一幅大尺寸的水彩画。

我还为一个教堂会众作画，那是个建在吉斯特地貌②的小教堂，那里是受救济的贫民去的地方（众所周知他们当中有很多人都是孤儿出身），我又一次这么用功地画画，我有时觉得没有什么事能比画画更美妙啦！

这是那些会众的一部分，后面还有其他男人的头。

像这样的事情很困难，不会一蹴而就。有时要经历一连串的失败后才会有一次成功。说到孤儿，我正写这封信呢，我的模特儿就来了。

我和他一起工作到天黑。他穿着一件很大很旧的外套，这使得他的身材宽阔得让人惊奇。

我觉得你或许会喜欢这些穿着工作服的男人的作品。随后，我让他坐下，他剃着光头，大大的耳朵，很有趣，还有泛白的络腮胡。

我在黄昏时画了半幅，但可能它能让你有一些关于构图的想法。一旦它全部完成，像这样的想法就可以很快记录下来。但是，把它组合起来不是那么容易，我也不能说它现在就是我想要的那样。我想用一英尺的画布把它画出来，或者再小一点，这样构图就可以稍微宽点儿。

然而，我不知道自己会不会那样做。我需要一块大点儿的画布，如果它不起作用，就可能会浪费点钱。我也认为，尽管我很喜欢这样的事情，但是我还是会根据我自己的意愿，继续画那些典型人物。然后对模特儿认真研究的成果自然会显现出来，不管是以哪种形式，它们流露出来的情感都是一样的。

我越来越意识到在塑造完形象之后把资料保存起来的必要性。尽管对别人来说没什么价值，但创作他们的人会想起资料里面的模型，当初创作的过程又会清晰地在脑海中浮现。如果有机会，请记得将我以前的资料寄还给我。我希望能及时利用它们创作出更好的作品。显然，在那组我寄给你、很快就画好的素描中，有许多在色彩方面很棒的东西——蓝色罩衫，棕色夹克，黑色、白色还有浅黄色的工装裤，褪了色的披肩，一件已经变成浅绿色的外套，白色帽子，黑色礼帽，泥泞的石板路，以及靴子和那些饱经风霜的面孔。这些都是绘画或水彩画的用武之地。好吧，我正在拼命干活。当然，我期待你再次回信，但还是要再次感谢你及时寄钱给我，如果我要继续画画，这笔钱是急需的。

再见，兄弟，向你致意，相信我。

文森特

这幅水彩画在构图上的比例不太协调——人物有点过于突出，正常情况人的眼睛是不太能看到他。

【注释】

①斯普伊大街（*Spuistraat*），海牙街道名。

②吉斯特地貌（*Geest*），一种由沙质和砾石组成的地貌，主要在德国北部、荷兰北部和丹麦的平原上。

海牙，1882年10月22日

亲爱的提奥：

真没法告诉你我收到你的来信和附件有多高兴。这正是我所需要的，对我而言将帮助巨大。

这里依旧是秋天，阴湿多雨，寒冷刺骨，但是特别适合画人物。潮湿的街道和马路上反射出天空的各种色调，特别是淡紫色，每一次都表现得那么美。这使得我可以对这幅表现彩票办公室前人群的大尺寸水彩画进行深度创作。同时，我也开始着手创作一幅表现一片海滩的画，这是构图草稿。

我非常赞同你偶尔提过几次的话，当一个人似乎对自然界万物无动于衷时，也就是大自然不再与之对话的时候。

我也经常有类似的经历，有时候如果我去做一些不同的事情就会有所改善。当我对风景或光线感到疲倦，我就去画人物，反之亦然。有时候我只能等待这种麻木的状态过去，除此之外什么都做不了，不过大多数情况下，我都设法通过改变所关注的主题来驱逐这种麻木状态。

无论如何，我越发痴迷于绘画。我记得曾经有段时间，我对风景画的感受非常强烈，相比人物画，捕捉风景的光线和氛围让我印象深刻。总的来说，人物画给我一种相当高高在上的感觉，而非温和的同情。然而，我对杜米埃的一幅画记忆深刻：香榭丽舍大道板栗树下的一个老人（为巴尔扎克作的插画），尽管那幅画并不是很重要，但我记得它。杜米埃大多数作品中所呈现的某种坚毅而有男子气概的特质是如此有说服力地打动了我，让我意识到：像那样去感受和思考，忽略或忽视众多纷杂的事情，只去专注地思索是一件好事。作为人，对于这种思索应该比草地或云朵更直接。

这也就是为什么我总是被英国画家或英国作家的某种特质所吸引，那就像他们星期一早晨一样冷静、严肃、枯燥而带有分析性，这些都是人们在感到虚弱的日子里可以坚持的坚实而充实的东西。在法国作家中，巴尔扎克和左拉也是如此。

你说的那些书我并不熟悉，但我希望能尽快了解。

我跟你提过我正在读都德的《流亡王族》①吗？我觉得相当不错。

那些书的名字听起来特别吸引我，比如《波希米亚人》②等。我们这个时代，距离加瓦尔尼时代的波希米亚人太遥远了！我猜想，那时候的世界一定比今天更温暖、更愉快、更充满活力！但是我不确定，因为今天这个时代也有很多好东西，如果有更多的东西结合在一起，那实际情况就会更好。

此时此刻，透过我画室的窗户可以看见一个奇妙的光线效果。这座有着塔楼、屋顶和冒着烟的烟囱的城市，在光明的地平线上呈现出神秘、昏暗的剪影。然而，这光线只是一条宽阔的光带，更多地集中在下面，而上面卷积的阴云，被秋风撕裂成一团团巨大的云块。但是这条光线却让潮湿的屋顶在城市的黑暗笼罩下到处闪烁着光芒（在画作中，你需要用不透明色把它突出出来），以确保在同样的质量下，仍能区别开红瓦和石板瓦。

申克维尔路就像一条闪闪发光的线穿过潮湿的田野，杨树的叶子黄了，运河的堤岸和牧场一片浓绿，人影都是黑色的。如果我不是整个下午都在专注于创作泥炭搬运工身影的人物画，我就会画下它，或者更准确地说，是试着画下它。

我常常期待你的来信，非常想念你。你信中写到的关于巴黎艺术家的特色，他们跟女人住在一起，或许思想不像其他人那么狭隘，努力保持年轻的状态——这在我看来是很好的观察——在这里也能找到这种人。在那里，一个人想要在日常生活中保持精神饱满的状态，可能会比在这里更艰难，因为毕竟那几乎是一场艰苦的斗争，意味着逆水行舟。在巴黎，有多少人走向绝望——平静的、理智的、合乎逻辑的、正确的绝望呢？我读到一些关于塔萨特[③]的东西，其中有一些内容我非常喜欢，对他的遭遇感到遗憾。

更为重要的是，我越来越认为在这方面所做的每一点努力都值得尊重。我也相信，一个人或许会成功，但不能始于绝望。尽管处处在失去，尽管有时感到在走下坡路，但一个人必须振作起来，鼓起勇气，即便事情并不像我们最初的设想那样。此外，不要觉得我看不起你所描述的那种人，那是因为他们的生活并不是建立在严肃和深思熟虑的原则上。我的看法是：重要的是行动，而非抽象的想法。我认为当原则发展成为行动的时候，它才是好的和值得付出努力的。我认为反思和努力是好的，因为这会使一个人的意志更加坚定，把各种行动变成为一个整体。我认为你所描述的这种人如果很清楚自己所要做的事情，就会更加稳定，但相比其他人，我更喜欢这样的人，而不是那些不费吹灰之力就公布自己的原则，甚至不考虑付诸实践的人。因为后者空有美丽的原则，而前者可能会做出一些伟大的事情。因为伟大的事情不只凭一时冲动而发生，而是一连串的小事情积聚成的连锁反应。

什么是绘画？一个人该如何走进绘画？那需要穿越一道无形的铜墙铁壁——那道铁墙仿佛就在你的感知和能力之间。如何穿越这堵墙？用锤子敲打根本无济于事。我认为，一个人必须冲破这堵墙，然后缓慢而耐心地打磨它。看啊，一个人如何能够在自己不被诱惑或分心的前提下专注于此呢？除非用准则来影响和制约自己的生活？对艺术如此，对其他事情也一样。伟大绝非偶然，它一定是具有某种意志。是最初的行为导致一个人的准则形成，还是相反？在我看来，这无法回答，也不值得回答，就像是问先有鸡还是先有蛋的问题一样。

但我相信，努力培养一个人思维与能力的力量是一件积极且重要的事情。我非常好奇，当你最终看到我这些日子正在画的这些人物画时，你会怎么想。这会引发另一个"鸡与蛋"的问题：一个人是应该先构图，还是把分开制作的图形相结合，以使整体的构图在各部分之间流动？我相信结果是一样的，只要你继续工作。你在来信的最后提到，我们都喜欢站在风景背后凝视，或者换句话说，我们都倾向于分析事物。现在，我相信，这正是绘画或绘画时所必需具备的品质。或许我们体内有某种先天的物质，在某种程度上（你和我都一样——我们都会感激布拉班特的童年时光和那些对我们有助益的背景，教会我们在特殊情况下思考），但是最重要的是，艺术感只有到后来才能在工作中发展和成熟。我无法告诉你，你怎样才能成为一个非常棒的画家。但是我相信它就在你的心里，会显露出来的。

再见吧，老伙计！谢谢你寄给我的东西，并向你致意。

你永远的

文森特

我已经把我的小炉子准备好了，老伙计，我多么希望我们可以找个时间来一起欣赏绘画、素描和木刻画，我有了一些更精彩的作品。这个星期，我希望找个孤儿来为我当模特儿，也许我还可以画一些表现孤儿的画作。

【注释】

①都德（*Alphonse Daudet*，1840—1897），19世纪法国著名的现实主义小说家。《流亡王族》（*Les Rois en Exil*）是他1879年创作的小说。

②信中说的《波希米亚人》，是指法国小说家亨利·米尔热的《波希米亚人的生活情景》。

③塔萨特（*Tassaert*，1800—1874），法国画家。

尼厄嫩

1883.12—1885.11

尼厄嫩，1884年4月

致拉帕德：

我代表我的父母请求你，你是否愿意哪天过来这里——只要你愿意。

我母亲的康复情况已经有了长足进步，她可以坐在客厅的安乐椅上，坐在浴椅上，又开始走路等，所以她的恢复比我们最初预想的要顺利得多。

外面的树已经开花，现在天气还不太热，适合长时间漫步。

几天前，我又给你发了三张钢笔水墨画：《小沟》《沼泽旁的挪威松》《茅草屋顶》。我想你会喜欢这些主题的。至于具体绘制方面，我要专心致志地想，笔画的方向能更有表现力，同时，使群众的声调的力量在同一时间更清晰地表达出来。我想你会承认我没有系统，或故意忽视事物的成分以及它们的形状，但在一般情况下，为了渲染光影效果，我必须尽我所能地尝试去做一种粗糙的方式——就像那一刻的风景的气氛。目前，人们只能在特殊时刻才能看到这三件事。

我希望你能来。你当然会带上你的工具，你带来的工作越多，我就越喜欢。我想再看一下《泰尔斯海灵①的女子》和《小纺织工》这两幅作品的素描样。

我父母和我一起向你致意。

敬启

文森特

我想，当你来的时候，将会是一个很好的机会，你可以把你家里所有的画都带过来。然后，如果你愿意，我们可以在一些新的主题上重新开始工作。

让一个人因自己的工作而到处溜达是件好事，如果人们不喜欢它，没关系，以后再来。如果你碰巧看到一些人反对或嘲笑他们，或者对他们说，无论如何，他们会改变主意，如果他们继续反复地看到他们——不是所有人，而是一些人。

我很想你能再看看我的绘画研究。

【注释】

①泰尔斯海灵（*Terschelling*）：荷兰地名。

尼厄嫩，1884年，8月中旬至9月初期间

尊敬的拉帕德：

我已经很久没有给你写信了。首先是因为我一直在等待你对我上一封信的回信，我猜想没有及时回信的原因是你去了德伦特，其次是因为我自己的工作也比较忙，以至在过去的几周没有足够充足的时间来写信。但现在请你一定要腾出点时间写信告诉我你的近况，尤其是要告诉我你对画鱼市场的那幅画的总体印象如何。

现在我又要继续说些我自己的事。上个夏天，我在埃因霍温①参观了一处房子，房子现在的主人是一个富有的退休金匠，他收藏了许多极好的古董，现在准备出售。现在他是一个业余画家，在他的房子里（又塞满了丑陋的和漂亮的古董）画画，他想亲自给其中的一间房子画一幅壁画。他有一个计划。我去看他的时候，见到6块1.5米长、0.6米高的板子。他想要在上面画一些东西，他打算画《最后的晚餐》，除此之外，他还想画一点漫画，可以这么说，想打造一种现代哥特式风格。

然后我告诉他——毕竟那是一间餐厅——在我看来，挂在那里的画应该能让人胃口大开，如果用餐的人在墙壁上看到的是乡村风景，而不是《最后的晚餐》，效果会更好些。他没有否认这一点。然后，在参观了我的画室后，我给他画了6幅表现乡村生活的素描草稿：《播种者》《割麦者》《丰收者》《种土豆的人》《寒冬里的牛车》和《牧羊人》。目前我还在画这几幅画。我告诉他这些画是我画给自己的，不过可以按照他餐厅的尺寸来画，以便他模仿。他付给了我材料费、模特儿费等，但这几幅画依然属于我，在他临摹完成后必须还给我。这样做让我得以继续作画，否则我就没有能力来支付各种材料费用。我喜欢这样的工作，所以我工作得很努力。但是另一方面，我必须在他临摹的时候向他解释一些事情。我已经完成了大约5平方英尺的手绘草稿，以及《播种者》和《寒冬里的牛车和牧羊人》中的牧羊人部分。同时在《割麦者》和《寒冬里的牛车和牧羊人》中的牛车部分也有了一些进展。所以我想你们可以想象，这些天我一直很忙。

我告诉过你我又完成了一幅《纺纱女工》和一幅《织布工》吗？

我收到一本桑西埃[②]写的关于米勒的好书，还买了一本勃朗[③]的书，《德森艺术》，引用了《艺术家们》中的一段文章。这本书和沃斯梅尔[④]写的那本小说几乎是一样的问题，但我更喜欢读勃朗的作品。如果你喜欢，可以读一读勃朗的书，还有那本米勒的书。

我和我的父母在此致意。

文森特

【注释】

①埃因霍温（*Eindhoven*），荷兰南部城市。

②桑西埃（*Alfred Sensier*，1815—1877），法国国家美术馆和国家文化艺术机构的公务员，同时也是米勒和卢梭在巴比松的主要赞助人。

③勃朗（*Charles Blanc*，1813—1882），法国艺术评论家。

④沃斯梅尔（*Carel Vosmaer*，1826—1888），荷兰诗人和艺术评论家。

尼厄嫩，1885年6月

尊敬的拉帕德：

　　发生了一些事情促使我给你写了信，我是想给出更多的解释，而不是因为我喜欢这样。谈到对你上一封信的回复，在我看来，我认为这两个原因都能充分地成立。首先，即便你对我寄给你的石版画的评论是对的，即便我无从反驳，你也不能以这样侮辱性的方式来指责或无视我所有的作品。

　　其次，你获得了比你所给予更多的友谊，不仅来自我，还来自于我的家人，因此像在我父亲去世的这种事情上，你不能要求我们有在给你发书面告知之外再向你发送其他任何信息的义务。尤其不能要求我这么做。因为在我父亲去世的这件事情上，尽管你在给我母亲的信中表达了你的同情，但当我们收到信时，一家人都很奇怪为什么你没有直接写信给我！然后我就不再期待你的来信了，现在也是。你知道，多年以来，我和家人相处得并不好。在我父亲去世的前几天，我不得不和最亲近的亲戚们联系，但是，当其他家庭成员到来后，我就完全置身事外了。所以如果有任何可能的疏忽，也应该是我的家庭而非我个人的责任。此外，我还必须告诉你，你仍然是一个例外，因为我特地询问过我的家人是否已经给你寄送过通知，但他们忘记了。

对此已经够了，够了。我再次给你写信并不是为了回答你对这件事情的评论，也不是要重复我对你对我绘画所做评论的回应。你也许要再重新读一下你的信——如果你仍然认为自己是对的，如果你真正的意思是"当你付出必要的努力时，你就正确地表达你自己"，那好吧，最好的方式就是对你的谬见置之不理。

再谈回到我给你写信的原因上，尽管是你侮辱我在先，而非我先侮辱你，只是我认识你太久了，以至于我不认为这就是中断我们之间联系的理由。

我不得不和你说的是——作为一个画家对另外一个画家说的话——只要你我还在继续作画，那些话就会是这样的，不管我们是否还会继续相互了解。

提到米勒，好吧，我的朋友，我会回答你的。

你在信中说："像那样的一些人竟敢援引米勒和布雷东。"

我的回答是，我必须严肃地建议你不要和我争辩。至于我——我坚持我自己的观点——你要理解我现在不想和任何人发起争执，即使现在也一样。你可以畅所欲言。但我现在不想说太多，你不止一次提到，我不关心形式，我不是很重视它。我亲爱的同伴，你怎么会说出这样的无稽之谈。你已经认识我好多年了——告诉我，你见过我脱离模特儿来作画吗？这是笔必须花的开销，有时开销还很大，尽管我真的够穷的。这并不是只出现在你上一封信中，而是在你以往的信中反复地、令人作呕地提到关于技巧的东西，这就是你没有回信的原因。我对此的回答是，我再一次回答你，传统意义上讲，"技巧"这个词被赋予越来越多的意义，真正的意义是——科学。很好，梅索尼埃[1]自己也说过，科学没有什么（没有人拥有科学）。

然而，首先，你很难否认，梅索尼埃所说的科学与我所说的科学不尽相同。但即便如此，这也不是问题的核心。拿哈夫曼[2]举例来说，他有许多技巧，连你也这样说。但不仅仅是哈夫曼，还有多少人拥有和他一样的艺术知识呢？在法国画家中，例如雅克，就做得比较好。我的观点坦白讲，就是画出一个专业的正确的形象，拥有均匀的和预判准确的笔法，这与当代绘画艺术领域的紧迫需要关系不大，至少比通常料想的要少。

倘若，且不说哈夫曼有许多"技巧"，你可以说他有许多经验，我会赞同你一次。如果我说了那些，或许你就理解我所说的话，当哈夫曼坐在一位漂亮的淑女面前时，他能够画得比任何人都漂亮，但如果他坐在一个农民面前——他甚至连从哪里开始都不会，他的艺术似乎（据我所知）适合那些与米勒和莱赫米特[3]的表达相对立的主题，反倒是与卡巴内尔[4]的很相似。对于他所有的技法，都可以统称为经验，事实证明几乎没有获得一些会持久或者促使我们进步的东西。而且——我请求你——不要把这与米勒或者莱赫米特的风格相混淆。

我想说的并且会继续说的是，"技巧"这个词频繁地被用在传统的意义上，这样做并非是善意的。人们称赞那些意大利人和西班牙人的所有技巧，他们是更传统的人，跟其他任何人相比，很大程度上除了例行公事外一无所有。我担心那些像哈夫曼那样的人，会很快把"经验"转换成机械式的例行公事，那又有什么价值呢？

我现在想问你的是，你和我中断联系的真正原因是什么？

我再次给你写信的原因只是我喜欢米勒、布雷东和所有那些画农民和普通人民的画家，我也把你列入其中。

我的朋友，我说这些不是因为你是一个对我帮助非常大的朋友，出于敬意，你对我没什么用处——请原谅我是第一次也是最后一次告诉你——关于我们枯燥的友谊，我并不比你了解得更多。

但是首先我正是出于这个原因才没有那样做，其次，这也可能已经有所改善——但是我已经创造机会为自己寻找模特儿等，我并非没有想法，只是想对此事保持沉默。相反，要把这些都留给自己。相反，如果有画家，无论是谁，来到这里，我都会非常开心地邀请他来做客，为他带路。正因为如此，要寻找到善于摆姿势的模特儿很难，而且并不是所有人都不介意摆姿势的地点。所以我告诉你，如果你想来这里作画，无须因为我们的争吵而感到尴尬。即使我现在独自住在画室里，你也可以来这里住。

但或许——你会傲慢地说你不在乎——嗯，对我来说没区别。我已经如此习惯了侮辱——他们让我如此冷漠——像你这样的人可能很难理解你这样的信有多么的冰冷，例如，你要跟我中断联系。因为我对此漠不关心，几乎感觉不到怨恨。但另一方面，我有足够清晰的头脑和平静的心态回答你。如果你想与我断交，我无所谓。如果你想留在这里作画，你可以忽视我们通信中的这些小争吵。

对于你上次来这里所做的一切，我完全赞同。我的朋友拉帕德，正因为你上次做得非常好，而且我认为你也许希望能再次来这里，所以我才给你写信。你自己做决定，但是我坦白告诉你——尽管我欣赏你的画作，但我对未来仍感到不安，我的意思是，你能否坚持下去。我有时会有这样的担心，考虑到你的社会地位和身份，难免不受影响，从长远来看，你也许不能像现在这样优秀——也就是说，作为一个画家，你现在画得很好了。其他的都与我无关。

因此作为画家与画家间的交流，我告诉你，如果你想过来寻找画画的题材，它还会和以前一样。你可以像以前一样过来和我住在一起，即便我现在是一个人。你看到什么了吗？我认为你也许会从中获得一些有利条件。但我想补充一点，如果你能在其他地方找到同样的条件，好吧，我也没有理由为此而感到悲伤，那么再见吧。

你并没有给我写任何关于你作品的事，也没有说及我的作品。请相信我的话，不要与我争论对米勒的看法。尽管我不拒绝探讨米勒，但米勒仍然是一个无须争论的人。

向你致意。

文森特

【注释】

①梅索尼埃（*Jean-Louis Ernest Meissonier*，1815—1891），法国古典主义画家和雕塑家，以描绘拿破仑以及他的军队和军事主题而闻名。

②哈夫曼（*Margaretha Haverman*，1693—1739），18世纪荷兰花卉画家。

③莱赫米特（*Léon Augustin Lhermitte*，1844—1925），法国现实主义画家，常以农民为创作形象。

④卡巴内尔（*Alexandre Cabanel*，1823—1889），法国画家。

尼厄嫩，1885年7月14日

亲爱的提奥：

　　我希望我之前跟你提过的4幅油画都已经送出去了，如果它们还放在我这儿，我也许会改个不停，并且我认为这些画以现在的面貌让你收下会更好。

　　我不想把这些画寄给你的原因是，当你说你可能缺钱的时候，我不想自己承担运费。

　　我从来没见过米勒住过的小房子——但是我想这4个小的人类巢穴是一样的。

　　其中之一是一个俗称"平凡的农民"的绅士[1]住所，另一处是被一个有价值的灵魂拥有，当我到那里的时候，她唯一神秘的事就是翻弄马铃薯，但是她还能够施展"魔法"——毕竟她的名字是"以女巫开头"[2]。（图005）

　　你还记得吉古[3]的书中提到德拉克洛瓦[4]的17幅画作是如何在同一时间被拒绝的吗？那表明，至少在我看来，他和那个时期的其他画家都要面对鉴赏家和外行人，这些人从来不懂或者不买他们的任何作品，但他们却在书中被肯定地称作"勇士"，并不讨论一场失败的战斗，而是继续作画。

我想对你说的另一件事是，如果我们把德拉克洛瓦当作起点，我们就将要有更多的东西去画。我一定是最让人讨厌的那种人，换句话说，就是向人要钱的人。由于我不认为我的画在接下来的几天能卖得好，情况已经很糟糕了。但是我告诉你，我们俩即便多么艰苦也要努力创作，你不觉得，在这个时候，我们俩努力工作要比坐下来空谈更有意义吗？

我不能预测未来，提奥，但我知道这世上唯一不变的就是"变化"。想想看，这10年间的变化有多大——人们的生活环境、人们的心态，总之一切都变了。因此，10年后，许多事情注定会再次发生变化。但是想象力会造就出某些持久的东西。一个人不会因做过的一些事而轻易地后悔，越活跃越好，我宁愿失败也不想虚度光阴。

无论波蒂尔⑤会不会代理我的作品，我们仍然需要他。这就是我的想法。比方说，在工作了一年后，我们会有比现在更多的相处时间，我确信我的工作会做得更好，因为我完成了一件又一件作品。那些现在对它们有一些兴趣的人，就像波蒂尔，有时会谈论它们——所以它们是有价值的——倘若再为此工作一年，他们就能为他们的收藏增加更多价值，即使藏家什么都不说，作品的价值也会不言自喻。如果你碰巧遇到了波蒂尔，告诉他我不会放弃，并且打算寄给他更多作品。如果你遇到别人，你也必须继续展示我的作品。很快，我们就能展示那些更重要的大作了。你自己应该很清楚，这也是最让我高兴的现象，举办艺术家个展或几位同画派的画家联展是目前热门的趋势。我确信，这是艺术贸易的一大进展，比其他产业的前景更光明。人们似乎开始意识到，当布加卢和雅克⑥的画放在一起，或者把贝勒⑦或莱赫米特的画像和谢尔霍特或寇克寇克⑧的作品并列时，欣赏起来就会不太协调。把拉斐埃利⑨的画作散开，自己判断一下能否对这个独特的艺术家有好印象。拉斐埃利不像雷加米⑩，但我发现他也有自己的个性。如果我继续把我的作品留在身边，我确信我会在好几幅画上继续加东西。但是如果我把刚从乡下或村子里画回来的作品直接寄给你和波蒂尔，画中的缺陷虽然无法通过一遍遍修改而改善，却能因而得以保存。

假如现在你有这4幅油画和一些小幅的村舍习作，那么那些没有见过我其他作品的人一定会认为我只会画村舍。这一系列画作看起来也的确如此。但是乡村生活包含了许多不同的东西，一如米勒提到的"像黑人一样努力工作"⑪，如果一个人想集各种工作于一身，这是必须做的事情。

世人或许会嘲笑库尔贝⑫说的话："画天使！谁见过天使呢？"但对于那些，我想补充一点——以康斯坦的《后宫审判》⑬为例："谁见过后宫的审判呢？斗牛？谁又见过斗牛？"这套说辞还可用在那些用摩尔人和红衣主教盛宴入画的西班牙绘画上，而且都是历史题材，还是画坛的主流，动辄几平方米。它们究竟好在哪里呢？画家们画它们来干什么？几年后，这些画看起来就会枯燥无味，并且越来越无聊。

但或许它们仍画得很好。现在，当一些鉴赏家站在诸如本杰明·康斯坦的绘画面前，或是由西班牙画家或其他什么人所画的红衣主教画作前时，他们已经习惯性地意味深长地喃喃说着"技巧真高明"之类的话。但是当这些鉴赏家在面对一幅乡村生活主题或拉斐埃利的画作时，他们却会用同样的言辞来批评画作的技法。

你或许会觉得我这样评论是错误的，但我深知所有这些具有异域风情的画都是在画室里画的。尝试着到室外去创作吧！任何难缠的事情都可能发生。比如，你将要收到的那4幅画，我必须要从中挑出100多只苍蝇，才能保证它们完好无损，更不用说灰尘和沙子了，况且，当一个人拿着画布，耗费好几个小时穿过荒野和灌木树篱时，画布还可能会被一两个树枝刮伤。更甚者，当一个人在这种天气下，在荒野里走了几个小时后，就会觉得又累又热。更不必说，那些模特儿不可能像职业模特儿那样静止不动，随着时间流逝，画家想要捕捉到的效果也会随之发生变化。

我不清楚你怎么想，但就我而言，我对乡村生活研究得越深入，收获也就越多，也就越不在乎卡巴内尔画的那些东西（我把雅克和现代画家本杰明·康斯坦归到其中），还有意大利和西班牙画家那被人吹捧，却又枯燥至极的技巧。"不过是些画匠罢了！"我经常想起雅克说的那句话。但我的确没有偏见，我尊重与乡村画家画风不同的拉斐埃利——我也欣赏阿尔弗雷德·史蒂文斯和提索[14]，他们提到的一些事情与乡村生活截然不同——我也懂得去欣赏一幅漂亮的肖像画。在我看来，对绘画一窍不通的左拉，在评判绘画作品时却说过一些极其细腻的评语，例如他在《我的憎恨》中写道："我在绘画（艺术作品）中寻觅，我爱那个艺术家。"

现在你知道了，我认为他说得对极了——我问你，在这些画作背后，是什么样的人、什么样的观察者、什么样的思想家和角色？在这些备受推崇的油画中使用了何种技法？那背后通常空无一物。但拉斐埃利是个例外，还有莱赫米特。有许多寂寂无名的画家的画作，人们可以感受到他们在画作中投入了惊人的意志、感情、激情和爱。取自于农民生活的绘画技巧，或以城市工人为题材的绘画技巧，以拉斐埃利的作品为例，并不是像雅克或者本杰明·康斯坦的绘画风格表现得那样流畅。

就是说，他们整天住在农舍里，像农民一样去田地里，夏天的时候头顶炎炎烈日，冬天的时候忍受霜雪严寒，不是在室内，而是在户外，不是散步，而是整天待着，就像真正的农民一样。

我问你，当你思考这个问题时，我错误地批评了那些鉴赏家的评论吗？他们比往常任何时候都更忙于运用毫无意义的"技巧"词汇（他们越来越多地赋予它一个传统的意义）？

当我们考虑到，他为了画出平凡的农民和他的房舍而付出的时间和精力时，我敢说，这条创作道路远比那些创作异国主题绘画——无论是《后宫审判》还是《红衣主教的盛宴》——

的画家，还有那些总是画些牵强古怪题材的画家，都更来得漫长和劳累。因为在巴黎，人们会以订购和支付的方式来获得阿拉伯人或西班牙人或摩尔人的模特儿。但是对像拉斐埃利那样的人而言，就更难了。他们在自己的地方描绘巴黎的拾荒者，他们的作品也会更严肃。

似乎没有什么比画农民、拾荒者或任何劳动者更容易了，但实际上也没有什么比画出那些普通人更难。

据我所知，没有一个学院可以教会人们怎样画出一个正在挖掘或播种的人、一个往火炉上放锅的女人或者一个女裁缝。但是在每一座城市、每一间学院里，都有一套完整的课程，教会如何捕捉历史人物、阿拉伯人、路易十五，简言之就是在现实中并不存在的各种人物的技法。

如果我寄给你一些关于挖掘者或者除草、拾穗的农妇的习作，作为表现各种田地工作的第一个完整系列，你可能会从中发现一些缺点，这对我很有用。

但我也想指出一些或许值得注意的事情。所有的学院派的作品都可以归为一类，我们承认，它已经做到最好，完美无瑕。你知道我要说的是什么，它们已经毫无新意可言。

但米勒、莱赫米特、雷加米和杜米埃的作品就不是这样了。他们的人物风格很类似，与学院所教的截然不同。我认为，尽管学院派所画的人物画得非常准确，但它缺少必要的现代主义、个人的亲密性和迎合需求的创作，目前就显得有些不合时宜，哪怕是安格尔自己创作的也一样（除了他的《泉》之外，因为它无论如何都称得上是一幅永不过时的画作）。

你也许会问，什么时候人物画才不会显得过度修饰，即使在我的构想中会略带缺陷甚至非常不完美。

那就是当一个挖掘的人真正是在挖掘，农民真的是农民，农妇真的是农妇的时候。这就是一些新的东西吗？是的，即使奥斯塔德和博尔奇⑮的作品中的人物也达不到现代绘画中的这种效果。

关于这些我可以说很多，我想说，我画了多少有待改进的画，我认为有少数几个画家的水平比我高很多。我问你，你知道在古荷兰画派中有哪一幅是以翻土者或播种者为主题的画作吗？他们可曾尝试过动笔画这些劳动者吗？委拉斯开兹可曾在他的《运水者》或者其他人物画中加入过这种元素吗？并没有。

在早期绘画中是不会出现正在工作的人物的。最近我一直忙着画一幅去年冬天看到的，一个在雪地里拔萝卜的妇人的画。米勒和莱赫米特都画过这样的画，甚至本世纪的乡村画家以及约瑟夫·以色列也做过这样的事。他们认为这个画面比任何东西都漂亮。但即使是在本世纪，在那些为了画人物而画人物（比如为了人物的形体和造型）的画家中，也只有很少一些人愿意描绘劳动中的角色。他们认为，画的最终目的就是要呈现日常劳动的必要性。荷兰的先辈大师们尽管画了那么多传统的作品，但他们却极力避免描绘"劳动"。

因此不论画作还是素描，都不应该只是为了呈现人物或人体的和谐形式，还应该同时描绘"雪地里拔萝卜的妇女"！我可以说得够明白了吗？我希望是这样，正如我曾经对塞雷⑯说的那样，不管是卡巴内尔的裸体画，雅克中的女士肖像，也不论是巴斯蒂安-勒帕吉⑰或是学院派的巴黎画家画的农妇像，都会以同样的方式来表现四肢和身躯——这通常是迷人的，而且从比例和解剖学角度看也很精确。但是当以色列或杜米埃或莱赫米特画人物时，虽然他们更重视外在形体，这就是我把杜米埃也包括在内的原因，但在比例上却更加随心所欲。在学院派看来，他们的这种解剖式的结构并非永远精准，但有生命力，德拉克洛瓦的作品尤其如此。

我想我表达得还不够详尽。告诉塞雷，如果说我画的人物比例正确，我会很绝望，告诉他我不想让我画的人物画看起来像学院派那样精确。告诉他，我想说，如果一个人拍下一张挖掘者的照片，那么在我看来，那个人一定没有在挖掘。告诉他，我认为米开朗琪罗作品中的人物很壮丽，尽管人物的腿太长，臀部及骨盆太宽。告诉他，在我看来，米勒和莱赫米特才是真正的艺术家，因为他们如实地呈现事物的原貌，不会冰冷地剖析和观察，而是按照他们自己的感觉来画。告诉他，我最强烈的渴望是学会如何看似偶然地偏离现实，达到对真实有所偏差，以及加工和变形。好吧，如果你认为这些都是谎言，但它们却比事实上的真实更真实。

现在我必须尽快结束了，但是，我还想说说那些描绘农民或者画平民生活的画家，尽管他们不在伟人之列，但从长远来看，他们仍可能比那些待在巴黎画异国后宫和红衣主教迎接仪式的画家，更能让人们长久铭记。

我知道当一个人在不方便的时刻要钱是很不合时宜的，但我的理由是，画那些看似最寻常的事物，有时候也是最难和最贵的。

如果我想要工作，就必须支付远非我收入能承受的巨大花销。我向你保证，如果我的体质因气候而变得像许多农民那样，我就能坚持下去，因为没有什么能让我感到舒适。但我也不希望如此，正如许多农民并不按照自己的生活方式一样。我所要求的只是颜料和重要的模特儿费用。从我写的关于人物画的这些内容中你能意识到，我非常热衷于继续画下去。

你在前不久的信中说塞雷"非常坚定地"告诉你，我那幅《吃土豆的人》（图006）中的人物在身体结构上有一定缺陷，但你从我的回答中可以知道我自己也发现了这方面的问题，尽管我已经指出这就是我在农舍昏暗的灯光下观察了许多个晚上，画了40个不同视角的头像后才有的印象。然而，既然我们已经谈到了人物画，我还有很多话要说。我发现拉斐埃利对"性格"的观点是通过精心选择的作品体现出来的。

但像人在巴黎的拉斐埃利一样，那些进入艺术和文学界的人，对于这些事情的观点会与生活在乡村中、农民中的我截然不同。我认为，他们在寻找可以表达他们观点的词汇，拉斐埃利建议以后用"个性"一词来描述未来人物画的特色。我也比较同意这个提议，但我质疑这个词是否适当，一如我质疑其他词的正确性，以及我在表达上的正确性和适当性。

这不是说挖掘者一定有个性，而是说农民一定是农民，挖掘者一定在挖掘，因此画作便得到了本质上的现代特性。但我也完全理解，从这几个词中得出结论，扭曲了我本意。

即使模特儿的费用对我来说是一个沉重的负担，我也认为还是要增加一些，这很有必要。我所指的与创作"小人物"的绘画不同。我再次强调一下，展现农民工作中的样子，是现代人物画的本质，也是现代艺术中的核心。古希腊时期、文艺复兴时期或者古荷兰学派都不曾这样做过。

对我而言，这就是我每天都在思考的问题，我在艺术性文章中很少看到有关于今天重要的绘画大师或者稍微次之的绘画大师（重要的，例如米勒、莱赫米特、布雷东和赫克默，稍微次之的，例如拉斐埃利和雷加米）与古代的学院派之间差异的真诚意见。

想一下我说的观点，看看你是否赞同。一开始，农民和工人的肖像画形成了一种"派别"——但现在，随着米勒作为永久的先驱出现，人物画在现代艺术中起到核心灵魂的作用，并且会继续存在下去。

像杜米埃这样的画家应该得到人们的高度尊重，因为他们是开拓者。埃内尔和勒费弗尔[18]复兴的现代裸体模特儿画，有崇高的地位。鲍德里[19]以及更多像梅西埃[20]和勒费弗尔这样的雕刻家，也都在最有能力的名家之列。但事实是，农民和工人并非裸体，也不需要把他们想象成裸体的。看到越来越多的人创作工人和农民题材的画，我就越喜欢。至于我自己，我只知道这能让我更快乐。

这是一封很长的信，我也不知道我表达的意思是否清楚了。或许我会给塞雷写信，如果写的话，我应该也会寄给你看看，因为我希望这封信能将我认为人物画的重要性说清楚。

文森特

【注释】

①凡·利兹（*Johan van Lith*，1814—1893），通厄论（比利时地名，靠近尼厄嫩）居民。

②卡塔琳娜·海伦娜·布鲁因加（*Catharina Helena Bruininga*，1828—1918），通厄论居民，她与凡·利兹是同一时期住在通厄论附近的遗址（*Huiste Coll*）的主人，荷兰语中，"*coll*"的意思是"女巫"。

③吉古（*Jean Gigoux*，1806—1894），法国画家。

④德拉克洛瓦（*Eugène Delacroix*，1798—1863），法国著名画家。

⑤波蒂尔（*Alphonse Portier*，1841—1902），法国巴黎艺术经纪人。

⑥布加卢（*William-Adolphe Bouguereau*，1825—1905），法国画家，常运用神话主题，以现实主义技巧诠释古典题材，并以女性身体为描绘对象。雅克（*Charles-Emile Jacque*，1813—1894），法国巴比松画派画家。

⑦贝勒（*Pierre Marie Beyle*，1838—1902），法国画家，作品多以乡村生活为题材。

⑧谢尔霍特（*Andreas Schelfhout*，1787—1870），荷兰浪漫派风景画家。寇克寇克（*Barend Cornelis Koekkoek*，1803—1862），荷兰风景画家，多以自然环境为题材。

⑨拉斐埃利（*Jean-François Raffaëlli*，1850—1924），法国现实主义画家、雕刻家。

⑩雷加米（*Guillaume Urbain Régamey*，1837—1875），法国画家。

⑪这句话出自画家米勒写给卢梭的信。

⑫库尔贝（*Gustave Courbet*，1819—1877），19世纪法国现实主义画派创始人。

⑬康斯坦（*Jean-Joseph Benjamin-Constant*，1845—1902），法国画家，以东方主题闻名。《后宫审判》（*La Justiceau Harem*），主要描绘了伊斯兰国家女性成员居住的房子中的情景。

⑭阿尔弗雷德·史蒂文斯（*Alfred Stevens*，1823—1906），比利时画家。提索（*Jacques Joseph Tissot*，1836—1902），法国画家，早期作品多以历史人物为主题，后期则转为描绘时尚女郎。

⑮奥斯塔德（*Adriaenvan Ostade*，1610—1685），荷兰"黄金时代"画家。博尔奇（*Gerardter Borch*，1617—1681），荷兰"黄金时代"画家。

⑯塞雷（*Chaarles Emmanuel Serret*，1824—1900），法国画家。

⑰巴斯蒂安-勒帕吉（*Jules Bastien-Lepage*，1848-1884），法国自然主义画家。

⑱埃内尔（*Jean-Jacques Henner*，1829—1905），法国画家。勒费弗尔（*Jules Joseph Lefebvre*，1836—1911），法国画家。

⑲鲍德里（*Paul-Jacques-Aimé Baudry*，1828—1886），法国画家。

⑳梅西埃（*Michel-Louis Victor Mercier*，1810—1894），法国雕刻家。

尼厄嫩，1885年10月13日

亲爱的提奥：

今天我付费邮递一个装有4幅静物画的盒子。

遗憾的是，那两幅阿姆斯特丹的素描有点破损，它们在途中被淋湿了。画板经过晒干后就会翘曲，还会沾上灰尘。我把它们寄给你是为了告诉你，如果我想在一个小时内对某个地方印象深刻，我就能够去分析自己所见的印象，像其他能这样做的人一样，给自己一个他们能够理解的理由。这是一种不同于感觉的东西，也就是说，经历感觉和分析感觉之间或许有很大区别，也就是说，先拆散它们，然后再把它们放在一起。但是在匆忙中画就是一件愉快的工作。

当我回顾那些过往的荷兰画作，让我印象深刻的大多是在很短时间内完成的作品。那些诸如哈尔斯、伦勃朗、雷斯达尔①这样的大师，在作画时也都尽可能直接下笔，而且避免过度修改。请注意，如果那样管用，他们就会离开。

我特别欣赏伦勃朗和哈尔斯画的手部——虽然并不像人

们想的那样完成，但是充满了生命力，特别是在《布商协会的理事们》和《犹太新娘》②中的那几双手。看画中的某些头、眼、鼻、口，我也觉得那似乎都是一笔画就，不做任何修改。昂格尔、布拉克蒙③为这些画刻了许多精致的版画，让人能从中感受到原作的技巧。

提奥，现在有必要研究一下过往的荷兰画作，以及科罗、米勒等人的法国绘画。但在必要时，我们可以把这些作品放在一边，因为那通常会让人比他们想象的更偏离现实。

一挥而就，越快越好。看到一幅像哈尔斯这样的画是多么赏心悦目啊，和那些把所有东西都像涂油漆似的以相同温和的笔法处理的画作相比，简直判若云泥。

在欣赏布劳尔④、奥斯塔德以及博尔奇等荷兰大师画作的当天，我恰巧有机会看到梅索尼埃放在荷兰美术馆的那一幅作品。梅索尼埃的画法与那些大师们相同，其作品都是经过深思熟虑，下笔很谨慎，但每一笔或许都是一气呵成。

我认为，比起在画作中不断涂抹修改，还不如将败笔之处完全抹掉，重新来过更好。

与此同时，我看到鲁本斯和迪亚兹⑤的素描。这两张素描其实没什么相似之处，但是两位画家的信念倒是一致的——那就是当色彩出现在结构正确的地方，就能够表现出形体。至少迪亚兹是一位彻底的画家，他下笔非常谨慎。

荷兰博物馆里的迪亚兹作品只是素描稿，但或许恰恰是因为这对我而言是一种真正的快乐，我好多年都没看到过它了，如今再次看到，发现它仍然保存完好，即便刚刚看过那些大师的画作。

我必须再多画几张现代画，它们似乎越来越多了。大概在10到15年前，人们开始讨论"光线"和"光度"。一开始这观念的确是正确的，无须否认，那套体系曾创造出非常经典的作品。但如今它已经让整个艺术圈越发落寞，甚至一度到提倡让整幅画作光线相同、氛围一样——我相信他们是这样称呼的——还有地方色彩也一样的画作比比皆是。这是好事情吗？我不那么认为。

在凡·德·霍普⑥的收藏中，雷斯达尔那幅带磨坊的作品⑦难道没有让观看的人有一种天空很开阔的印象？而且这幅画画得比与他同时期的其他人都更加阴沉，天地融为一体，紧密相连。

我在杜波收藏的霍延——他就是荷兰的科罗——的画作前驻足良久，作品画的是秋日里矗立在山丘上的两棵橡树⑧。

我得说，这确实是一种情感，就像朱尔斯·杜佩雷或《灌木丛》。

但是这幅画里有些普通的黄褐色而非白色，现在看来，在杜波的藏品中，克伊普⑨笔下的多德雷赫特⑩景色完全是金红色的，还有一点赭色。

至于哈尔斯笔下的黄，暗柠檬黄或淡黄褐色——随便你怎么叫——又如何呢？这种黄色在画中看起来是那么明亮，但你试着用白色对比一下看看。

在我看来，那些荷兰大师们教会我们的一个伟大的信条是：线条与色彩应该被视为一体，布拉克蒙也持同样看法。但现在很多人都不去遵循这一信条了，他们什么都画，唯独缺少美丽的色彩。听着，提奥，太可怕了，当一个像哈夫曼⑪那样的人谈论技术时，是多么的无聊啊。我不是说拉帕德，因为他也是这么说的，但幸运的是，他画的比他说的好。

我无意与画界人士往来。但说到技术，画家以色列有很多更健全更高超的技法——特别是他早期那幅《赞德沃特⑫的渔夫》，画中能更清晰地看出美妙的明暗对比，这比那些因为用色刚硬而使得整幅画作平淡、死板、无味的画家强多了。

即便是挂在德拉克洛瓦的作品——比如《共渡冥河》旁边，《赞德沃特的渔夫》这幅画也不会显得突兀，因为它们都是同一种风格。我相信这些画作，但对光线千篇一律的画作也更加不满。这对我而言是一件很不愉快的事情，因为他们会说我没有"技术"可言——或许这只是因为他们在我的画作中找不到任何迹象，因为我刻意不与其他画家同流。的确，恰恰相反，我发现很多喋喋不休地谈论"技巧"的画家技法都很差。这我之前给你写过。但如果我的任何作品刚好要在荷兰展出，我就会提前知道我需要处理什么，以及用什么样的技法。与此同时，我宁愿心平气和地去忠于那些荷兰大师，比如画家以色列和那些与他同画派的人，但现代画家是不会这样画的，他们完全反对以色列的画风。我想我已经注意到，以色列本人、马里斯、毛沃、纽格里斯本人，都认为我们现在的讨论是不愉快的。例如，梅斯达格曾经就是一个糟糕的现实主义者，你会记得，他在后来的绘画中，色调越来越浓，而且往往更神秘。

维坎普有很多与儒勒·布雷东或巴斯蒂安-勒帕吉类似的优点。[13]但是布雷东是温暖的，他都很冷酷。这并非是个容易纠正的错误——笔触变得温暖，那必须要处于温暖之中，否则很难摆脱它。

在许多情况下，他们所说的亮度，只不过是在死气沉沉的城市工作室内画出的丑陋色调罢了。这些画家似乎看不见黎明或者夕阳时那种明暗参半的光线，貌似只懂得上午十一点到下午三点这段时光，这段时间确实很快乐，但也相当乏味。

但尽管如此，提奥，我现在仍然很贫穷。画那么多画是很费钱的，我真的感到很困难，而且现在是月底，这真的很难熬。更为不幸的是，"金钱引发战争"这一事实，在绘画中也不能忽视。战争带来的只有悲哀和毁灭。在绘画中，即便画家自己没有收获，有时也会有所散播。

你最近好吗？生意如何？我不知道我的直觉是否正确，但从窗外看去，阿姆斯特丹的艺术品贸易看上去并不怎么繁华，但很安静，很体面。的确，现在的缺点并不是过度的自信和热情。我几乎不与任何人交谈，只是间接地说出一些事情，因为很好奇结果会怎样，会在艺术行业中产生何种结果。我不认为你完全被画淹没了，对吗？

在今年冬天，我希望能研究出一些我在古画中发现的令我惊艳的技巧，我看到了许多我欠缺的处理手法。

但我最想要了解的是他们所说的"推擦"技巧，你看，这也是荷兰老一辈大师们精通的技巧。

现在没有人会用简单几笔来"推擦"作画。但不容置疑，这种技法画就的作品还是那么出色。许多法国画家，还有以色列都深谙这个道理。我对博物馆里的德拉克洛瓦的作品有很多想法。为什么？因为当我看到哈尔斯、伦勃朗、雷斯达尔和其他画家时，我不断地想到有人说过，德拉克洛瓦在作画时就像一只狮子在撕扯生肉。这个形容是多么的真实啊——提奥，当我想到大众可能会用"技术流"来形容它时，那将是多么致命啊。不过你放心，倘若我要和这些人打交道，或者遇到他们中的某位，我会装作疯癫无辜的样子——像维赫洛克⑭一样——说一些尖酸刻薄的话就行了。

我讨厌事情一触即发。

这难道不足以致命吗？它迫使我在任何地方都要去完成相同的事情（他们称之为完成）。随处可见单调的灰白光线，专属色彩、狭隘的色调取代了浓淡变化——到处都是同样的画法，这难道不可悲吗？不是吗？不管怎么说——我认为这些事情是错误的，因为我认为以色列……好吧，我只是举个例子，有那么多新老画家值得人们去崇拜。

我早该意识到我写这封信可能会让你感到厌烦，但是我根本没想过。就我而言，我希望你能写信跟我说说你对卢浮宫、卢森堡或者其他地方的印象。

尽快写吧，如果你愿意的话，并且能意识到月底对我来说有多难熬。尽管如此，我还是很高兴我去了那里，即便是在我能比以前负担更轻的时候。说到新年前后的事情会很难，但无论怎样，没有冒险就没有收获，对我来说，如果是为了绘画，我总是会陷入困境。

谨向你致以最好的祝愿。

敬启

文森特

【注释】

①哈尔斯（*Frans Hals*，1582—1666），荷兰肖像画家，擅长捕捉人物瞬间表情，展现出"黄金时代"荷兰人生活乐观、富裕的面貌。雷斯达尔（*Jacob Isaackszoon van Ruisdael*，1629—1682），荷兰画家。

②这两幅画都是伦勃朗的作品。

③昂格尔（*William Unger*，1837—1932），德国画家。布拉克蒙（*Félix Henri Bracquemond*，1833—1914），法国画家、版画家，是复兴法国版画艺术的重要人物。

④布劳尔（*Adriaen Brouwer*，1605—1638），荷兰画家，以生动描绘农民而成为风俗画的重要革新者。

⑤迪亚兹（*Narcisse Virgile Diaz*，1808—1876），法国画家。

⑥凡·德·霍普（*Adriaan van der Hoop*，1778—1854），荷兰银行家，也是19世纪上半叶荷兰最富有的人之一。

⑦《埃克河边的磨坊》，又名《韦克的风车》，1670年作，藏于阿姆斯特丹国家美术馆。

⑧文中说的是荷兰画家霍延（*Jan van Goyen*，1596—1656）在1862年创作的《双橡树的风景》。杜波（*Leendert Dupper Wzn*，1799—1870），荷兰收藏家。

⑨克伊普（Aelbert Jacobsz Cuyp，1620—1691），17世纪荷兰"黄金时代"最著名的风景画家之一。

⑩多德雷赫特（Dordrecht），荷兰西部城市、港口，也是克伊普的出生地。

⑪哈夫曼（Hendrik Johannes Haverman，1857—1928），荷兰画家。

⑫赞德沃特（Zandvoort），荷兰地名，现在是荷兰主要的海滩度假胜地之一。

⑬维坎普（Ernst Witkamp，1854—1897），荷兰画家。儒勒·布雷东（Jules Adolphe Aimé Louis Breton，1827—1906），法国现实主义画家。

⑭维赫洛克（Thomas Vireloque），是一位愤世嫉俗的虚拟人物，曾出现在许多讽刺画作中。

尼厄嫩，1885年10月28日

亲爱的提奥：

　　我非常高兴地读了你关于黑色的信，它使我相信你对黑色没有偏见。

　　你对于马奈《死去的斗牛士》[1]研究的描述，分析得很到位。整封信都证明了你当时对我的建议——就像你给我的巴黎的素描一样，如果你投入其中，你就可以用语言描绘出来。

　　可以肯定的是，通过研究颜色的规律，一个人可以从大师的本能信仰，转而解释为什么一个人会喜欢某一个人喜欢的作品，而在当今社会，一个人能意识到自己是多么武断和肤浅确实是必要的。

　　你必须让我对今天的艺术贸易持悲观看法，因为这绝不意味着沮丧。这是我自己的推论。当我越来越多地像郁金香狂热[2]那样十分挑剔地对画作价格争辩时，我猜想我是对的。我假设，就像在上个世纪末的郁金香狂热一样，在本世纪末，艺术品交易以及其他的投机分支，会随着它们的到来而消失，也就是说，会很快消失。郁金香狂热可能已经消失——就像球茎生长的遗骸。不论好坏与否，对我而言，做一个爱惜苗圃的小园丁我就很满足。

目前我的颜料开始融化，最初的灰暗也一扫而空（图007）。

当承诺什么事时，我仍然会碰壁，但是同样地，色彩犹如按照自己的协议一样自然流畅地接踵而来，并且以一种颜色为起点，在我的脑海中清晰显现出它所呈现的效果，以及会给画作注入怎样的生命力。

朱尔斯·杜佩雷就像德拉克洛瓦一样，他的作品在色彩交响曲中表现出了多么丰富的变化。

现在是海景，是最精致的蓝绿色和裂纹蓝，以及各种各样的珍珠色调。然后是一派秋天的景色，树叶从深酒红色到鲜绿色，从明亮的橙色到黑暗的雪茄色，天空中还有灰色、紫丁香、蓝色、白色等其他颜色，与黄色的叶子形成另一种对比。

然后又是一个黑色映衬下的，紫色的、火红的傍晚景象。

再一次变得更加奇幻无常，就像我在他花园一角曾经看到过的那样，我从来没有忘记过：在阴影中的黑，阳光下的白，鲜明的绿色，炽热的红色，然后又是深蓝色，一种沥青的绿褐色和一种浅棕色的黄。真正的色彩，彼此之间可以有很多东西要交流。

我一直非常崇拜朱尔斯·杜佩雷，他会变得比现在更受赏识。因为他是一个真正善于运用色彩的画家，总是很有趣，他的一些作品非常有感染力和戏剧性。是的，他的确是德拉克洛瓦的兄弟。正如我说的，我认为你写的关于黑色的信非常好，而且你说的不用地方的色彩作画，也是正确的。尽管如此，我还是满意。在我看来，不用当地色彩作画的背后有更多原因。真正的画家是那些不渲染当地色彩的人——这就是勃朗和德拉克洛瓦曾经讨论过的事。

难道我不能简单地理解为，如果一个画家是从他的调色板上的色彩而非自然界中的颜色开始作画，是一件很好的事吗？

我的意思是，当一个人想要画一个头部的时候，比如说，他会仔细观察自己目前的自然状态，那么有人可能会认为：这个头部是红褐色、紫色、黄色的和谐组合，都是破碎的——我将在调色板上涂上紫色、黄色和淡红色，把它们拆散。

我从自然中保留一定的顺序和正确的色调、明暗的总体效果配置，我研究大自然，以免做出愚蠢的事情，保持合理的——然而，我不介意我的颜色是否完全一致，只要它们在我的画布上看上去像自然界中一样美丽就可以。

库尔贝[3]的肖像更为真实，有男子气概，不受拘束，各种色调都画得很美，深色调的红棕色，可人的黄色，冷紫色的阴影，用黑色来衬托，用一点浅白色亚麻布让视线得以缓解——仔细比较你手边的任何一幅肖像——他对脸部颜色的模仿达到了惊人的程度。

如果你从容观察一个男人或女人的头部，就会发现那真是美极了，不是吗？那么——费力地去刻板模仿，反而失去了自然色彩原有的整体魅力。这种美感可以通过再创造类似的色彩体系来维持，费力地临摹只会适得其反，不过一定是出于必要，而且绝不能与原来的色彩主题相同。

当一个人在调色板上打破原有的色调、明暗搭配时，总是能巧妙地运用不同色系的美好色调来画出他们自己的样子，再说一遍——要基于对色彩和谐的了解，在调色板上重新选择合适的颜色，这是与机械、盲目地照搬自然完全不同的。

这里还有一个例子。假设我要画一幅秋天的风景，树上长着黄色的叶子。好吧——如果我这样想的话——那是一首黄色的交响曲，那么我所用作基本色调的黄色，与树叶的颜色是否一样又有什么关系呢？很多时候，这一切都取决于我对同一色系的不同色调、阴影的总体效果的感知。（图008）

你如果认为这是一种浪漫主义的危险倾向，是对现实主义绘画的背叛——绘画的想象力（不模仿现实的绘画）——与自然界中的本色相比更热爱调色板上的色调，那么就这样吧。

德拉克洛瓦、米勒、科罗、杜佩雷、杜比尼、布雷东等30多位画家，他们不是构成这个世纪绘画艺术的核心和灵魂吗？他们所有人都不是植根于浪漫主义，尽管他们超越了浪漫主义吗？浪漫和浪漫主义是我们的时代特征，画家创作必须有想象力和感情。幸运的是，现实主义和自然主义并没有脱离他们。左拉④的创造——并不能反映事物的本质——令人惊讶，带有诗意，这就是为什么它如此美丽。自然主义和现实主义暂且说到这里，尽管它们仍然与浪漫主义有关。我还要说的是，当我看到一幅保罗·于埃⑤在大约30年至48年前的画时，看到以色列的一幅像《赞德沃特的渔夫》那样的，年份久远的画时，看到卡巴⑥的画时，看到伊莎贝⑦的画时，我感动了。但我发现，不要画当地的色调，这是非常正确的，我宁愿看一幅色调低于自然本色的画，也不愿意看到只是自然色调的画。

当然，这是一种模糊的、未完成的水彩画，而不是用来捕捉现实的水彩画。

这句话有个广泛的含义，不描绘本地的色调，让画家自由地去寻找构成一个整体、和谐的颜色，这与另一个系列形成了鲜明的对比。

我在乎的是，高尚公民的肖像精确地告诉我，在一个虔诚的人的脸上会出现我从没见过的牛奶、水、浅粉色、淡紫色或其他不伦不类的颜色吗？这有什么关系，但是，在这个小镇上的居民们，在他看来，由于自己的问题使得他自己如此值得尊敬，以至于他认为让后人熟悉他的容貌是他义不容辞的责任。

色彩之所以为色彩，自然有它的意义。这个道理不该被忽略，而且要受到重视。色彩带来确实美丽的效果，这也是正确的道理。当委罗内塞⑧在《迦南的婚礼》中描绘众生相时，他大量运用深紫罗兰色和华丽的金色调，还用了不会抢去前景风采的淡天蓝色和珍珠白。他在后景中也用了一点点天蓝色和珍珠白——在蓝天和大理石宫殿的映衬下，看起来非常美。天空和建筑令人惊奇地让画中人物都更显完整，而画作的协调感也顺应而生出诸多变化。

这幅画的背景很美，看起来像是从色谱中自然衍生出来一样。

我难道错了吗？

这幅画的画法，难道不同于一个将宫殿和人物融为一体的画家所采用的技法吗？

所有的建筑和天空都是寻常且次要的元素，相对于画中人物而言，它们被安排在画中只是为了使这些人物显得更好。

这才是一幅真正的画，营造出的效果更加美丽，而并非只把事物的原貌照搬到画布上。其重点在于对事物的思考，对周围环境的观察，从中产生想象。

从大自然中学习，与现实对抗——我不打算争辩。多年来，我一直尝试用这种方式创作，但几乎毫无成效，而且全是枉然。不过不想逃避这种错误。

无论怎样，若以这样的方式继续创作，将是相当愚蠢的行为——虽然我再怎么样也不那么确定自己全部的问题都只是徒劳。

医者有言："以杀戮开始，以治愈结束。"

一个人始终毫无成效地自我折磨，只为跟随自然，但事事都不遂所愿；另一个人平静地埋首于调色板中创作，自然却从中而生，并与创作和谐一致。然而这两种对立的方法却是不可分离的。刻苦研究看似徒劳，却能与大自然亲密接触，对事物有更深刻的认识。

尽管我认为最好的画都是相对自由地从想象力中创作出来

的，但我仍然不能摆脱那样的想法，即一个人不能永远过多深入地研究自然。

最伟大、最强大的想象力，也能从现实中创造出令人惊叹的产物。

为了回答你对马奈所做的研究，我给你寄去了一幅《关于〈圣经〉的静物》——这是一本白色的《圣经》，用皮革装订，黑色的背景，黄褐色的前景，还有一抹柠檬黄。（图009）

我一天就画了一幅画。这是为了向你们展示，当我说我或许不是完全没有目标时，我的意思是，因为这些天来，我真的很容易毫不犹豫地画出一个给定的主题，无论它是什么形式或颜色。

最近我在户外画了一些画，关于秋景的。我很快会把它们中的一部分寄给你。无论怎样，我还要在今后的几天内再写一封信，并尽快把这封信寄给你，告诉你我很满意你所说的关于黑色的内容。

致敬

文森特

【注释】

①马奈（édouard Manet，1832—1883），法国画家。《死去的斗牛士》（The dead to reador），1864年作，藏于美国华盛顿国家艺廊。

②郁金香狂热，经济学术语，又称郁金香泡沫，源自17世纪荷兰历史事件。作为人类历史上有记载的最早的投机活动，它昭示了此后人类社会的一切投机活动。

③库尔贝（*Jean Désiré Gustave Courbet*，1819—1877），法国画家，领导了19世纪法国绘画的现实主义运动。

④左拉（*Émile Zola*，1840—1902），法国小说家、剧作家、记者、自然主义文学流派最著名的实践者，也是戏剧自然主义发展的重要贡献者。

⑤保罗·于埃（*Paul Huet*，1803—1869），法国画家。

⑥卡巴（*Louis-Nicolas Cabat*，1812—1893），法国风景画家。

⑦伊莎贝（*Eugène Louis Gabriel Isabey*，1803—1886），法国水彩画家、文学家。

⑧委罗内塞（*Paolo Veronese*，1528—1609），意大利文艺复兴时期画家，与提香、丁托列托并称文艺复兴晚期威尼斯画派三杰。

安特卫普

1885.11—1886.2

安特卫普，1885年11月28日

我亲爱的提奥：

　　我想再你写一些关于安特卫普的印象。今天早上，我冒着大雨走了很久，去海关处取回了我的东西。码头上的各种仓库和储存间看起来很壮观。

　　我已经沿着码头和堤岸走过很多次了。这种对比很奇特，尤其是对刚刚离开沙地、荒野和宁静的农场，在安静的地方住过一段时间后来到这里的我来说。这是个混乱的深渊。

　　德·龚古尔曾高呼"日本风格永恒[①]"。好吧，那些船坞就极具日本特色，古怪、独特，至少可以这样看待。

　　我希望有一天可以去你的公司，看看我们看待事物的方式是否一样。

　　所有的事情都在这里完成，城镇风景和人物都是多样化的，船是这里的主体，水和天空是淡灰色，但最主要的还是日本风格。

　　我的意思是，这里的每个人物总是在运动，看起来就像是处在一个奇异的环境中———一切都显得很奇特，但整体却充满了最多样且最有趣的对比。

一匹白马从泥泞的防水帆布覆盖着的、成堆货物的角落里走来，与仓库里陈旧的、被烟熏得脏兮兮的墙壁形成强烈的对比。虽然非常简单，却产生了非常美妙的黑白对比效果。

透过一间格调优雅的英国餐厅的窗户望去，可以看到外面港湾边的污泥和一艘肮脏的船，船上的外国水手或丑陋的码头工人，正在将一些惹人爱的货物，诸如兽皮和野牛角，卸下船。在靠窗的地方，有一个皮肤黝黑、气质优雅、还稍微有些害羞神情的英国女孩儿站在那里。餐厅与人物、色调与光线、污泥上闪耀的微光与牛角———这些元素形成了最为惊人的对比。

几个佛兰德水手面色红润得有些夸张，肩膀宽阔，体型健壮，是地地道道的安特卫普人，正在那里痛快地喝着啤酒，吃着贻贝，发出许多噪声和骚动。另一头与之形成对比的是，一个穿着黑色衣服的娇小女孩儿，小手紧贴着身体，静静地快步走过灰色的墙壁。她一头乌黑的头发，椭圆形小脸。脸是黄褐色的还是橙黄色的？我不确定。

她只是抬起头，用乌黑的眼睛羞涩地向上方一瞥，她是一个中国女孩儿，安静得像只老鼠，个头小得像只甲虫，这与那群吃贻贝的佛兰德水手形成了多么鲜明的对比！

另一处对比是，人们在一条非常狭窄的街道上穿过高耸的建筑物、仓库和商店。街道上有各个国家的男士和女士酒馆、出售食物的商店、出售水手衣服的商店，色彩丰富，熙熙攘攘。这条街道很长，每个转角都能看到真实的场景，偶尔发生争吵时，会有一些比平时更大骚动。例如，如果你沿街而行，四处闲逛，突然间就能听到一阵欢呼声和各种各样的叫喊声。在光天化日之下，一个水手被女孩儿们赶出妓院，被一个愤怒的男子和一群妓女追赶。无论如何，他似乎非常害怕，我看到他吃力地攀爬过成堆的麻袋，穿过窗户消失在仓库中。当一个人听够了这里的喧嚣，在这个城市栈桥的尽头——来自哈里奇和勒阿弗尔②的汽船停泊的地方——就什么都没有了，除了无限的平地，半淹的牧地，极度阴沉潮湿、晃动着的干芦苇和泥土之外，几乎什么也看不到。这条河上有一只小黑船，前景中的水是灰色的，天空被雾气和冷气笼罩，也是一片灰暗，像是沙漠。

至于对港口或者码头的整体印象——有时它比荆棘篱笆更复杂、更奇怪，是如此的紊乱以致眼花缭乱，头晕目眩，满眼都是闪烁的色彩和线条，即使长时间地看着同一个点，也无法辨别出是什么。

但是如果将视线转移到前景那无限延伸的土地上，就能看到异常美丽和宁静的线条，这是莫尔斯③经常获得的效果。现在，人们看到的是一个美丽、健康的女孩儿，至少看起来是这样的。她非常真诚、天真烂漫。然后她的脸上露出狡黠的恶意，像是被鬣狗吓到了似的，会让人感到害怕。不要忘了还有那些被天花痘痕所毁坏的脸，颜色像煮熟的虾，灰色的小眼睛中目光呆滞，没有眉毛，头发稀少油腻，颜色像纯色的猪鬃毛，或者有一些发黄——是瑞典人或丹麦人的那种类型。我想在那附近做一些工作——但是能怎样做？在哪里做？因为一个人在那里很快就会陷入麻烦之中。同样地，我经常在街道上漫步，甚至坐下来和各种各样的女孩儿们交谈，她们似乎把我看成驳船船员。

我认为画肖像画有可能让我得到好的模特儿。

我今天拿到了我急需的工具和一些材料。现在我的画室已经整理完毕，如果我能找到一个便宜的模特儿，最好不花钱，那我就无所畏惧了。我不认为这是一件坏事，因为我没有钱，这跟支付足够的钱来找模特儿差不多。

或许画肖像画的想法和付钱让他们摆姿势是个更安全的方式。因为城市和农村不一样。

无论如何，有件事是肯定的，安特卫普对于一个画家而言是非常美妙而独特的地方。

我的画室还不错，主要是因为我在墙上钉了一套日本版画，我觉得很有趣。你知道的，那些是花园中或沙滩上的娇小女性的画像，画上面还有骑兵、鲜花以及粗糙多刺的荆棘枝条。

我很开心能够来到这里，并希望这个冬天不会无所事事。

无论如何，在天气不好的时候，我可以在一个小型的工作室工作，这对我来说是一种解脱。

很明显，我现在不能奢求锦衣玉食的生活。

你先把信寄出吧，因为在那之前我已经有足够的面包了，但在那之后，我就没有办法继续了。

我的小房间比我预期的要好，而且看上去不会显得那么沉闷。

现在我这里有3幅习作，我会尽力联系这里的画商，但他们似乎都住在私人住宅里，在街道上也没有展示窗。（图010）

这里的公园很漂亮，有一天早上我坐在那里画画。

截至目前我还没有遇到什么挫折。这边的住宿也相当舒适，也很安全可靠。我用了一点钱换来了一个火炉和一盏灯，这样我就不会轻易感到无聊了，我保证。我也找到了莱赫米特的《十月》和《傍晚在土豆田里的妇人们》，它们都美极了。不过，还没有找到他的《十一月》，你有任何机会得到它吗？我还在《费加罗报》④上看到了拉斐埃利的一幅非常漂亮的画。

我的地址，正如你所知，图像街194号，请把信寄到这里，当你读完德·龚古尔第二卷的时候，也把它寄到这里。

祝福。

敬启

文森特

奇怪的是，我在城市里画的画在这里看起来要比在乡下看着更暗——这是因为城市里的任何地方都没有乡下那么亮吗？我不清楚——但它的区别可能远比从表面上看着要大。这让我震惊，可以想象，那些与你同在的事物也比我想象的更黑暗。尽管如此，我带来的那些东西现在看起来还不算糟糕——《磨坊》、《秋天树木》和《静物》，还有一些小的作品。

【注释】

①这里说的"日本风格"，是指法国当时受日本艺术风格影响的艺术风格。

②哈里奇（*Harwich*）：英格兰东南部港口。勒阿弗尔（*Le Havre*）：法国北部港口。

③莫尔斯（*Robert Mols*，1848—1903），比利时画家。

④《费加罗报》创立于1826年，是法国最古老的全国性日报。

安特卫普，1885年12月19日

亲爱的提奥：

今天我又画了一个模特儿的头部——但我却付不起费用，尽管如此我还是如愿画了。

我也有一个明确的承诺，我将为某人画一幅肖像，作为回报，我可以保留两项研究。

但是，我必须告诉你，我现在只剩下最后5法郎，经济压力实在太大了。我不得不买两张用来画两个肖像油画的画布，洗衣店的妇女刚刚给我送来干净的亚麻布，所以目前我已经只剩下几生丁①。所以，我必须非常迫切地问你：看在上帝的分儿上，及早写信，多少给我点钱，要记得，我确实已经食不果腹了。如果我能成功地收到大约50个面试邀请，就有机会得到工作——也就是说，我可以尝试在摄影师那里找到工作，尽管我并不愿意一直做那样的工作，但如果需要，我也可以做。这里的摄影师们似乎有很多事情做。还有人在他们的工作室里发现了彩绘肖像，很显然，他们是在照片的基础上画的，当然这对任何了解绘画的人来说都是很脆弱和无效的。现在我突然想到，如果一个人能直接从生活中画出那种人们想要画的照片的效果，那他就能得到更好的色彩。毕竟，这至少是一个人可能挣到钱的机会之一。

但是无论我想要什么，能够在哪里展示什么，那都是不言而喻的。

因为我需要所有高昂的情绪，坦率地说这是我所有精力，我害怕身体虚弱。

我向另一个商人展示了我关于斯腾城堡②的画作，他喜欢它的色调和用色，但是他正忙着清点库存，而且场地不大，但是，他让我过完新年后回来找他。当有外国人想要买一些安特卫普的纪念品时，这是一件好事，因此，我将会多画一些类似风格的城市风景画。比方说，昨天我画了一些可以看到大教堂的风景画。同样地，我还画了一个公园小景。然而，我更喜欢画人们的眼睛，而不是画教堂，因为在人的眼睛里有一种教堂没有的东西，尽管教堂是庄严和雄伟的地方——但一个人的灵魂，不论贫穷的乞丐还是街头的妓女，对我来说都更耐人寻味。因此，我坚信没有什么能比画模特儿更能帮助我们取得直接的进步了。当然，支付模特儿费是一件很麻烦的事，这是一个很大的问题——为了找到买家，画作必须充满活力。

我敢肯定在这里有生意可做。这个城市里似乎有很多漂亮的女人，我相信通过画现实中的或想象中的女人的头像和形象可以赚点钱。

我很高兴能用更好的笔刷画画，还有钴蓝色、胭脂红、亮黄色和朱红色颜料。

最昂贵的颜色有时也是最便宜的，尤其是钴蓝色颜料——就画家用以取得种种微妙的色调而言，其他任何蓝颜料都无法之相比。

虽然颜色的质量并不是画的一切，但它就是画作的生命力所在。

至于我是否想在这里定居——鉴于艺术品贸易似乎不太乐观——似乎每个画家都希望能代理自己的艺术品，从长远来看，我想有这样想法的画家数量将越来越多——也许最明智的事情就是在这里开一个工作室。

如果你对这件事有任何愿望或想法，不论赞成或反对，尽可能坦率地告诉我。

但我马上就能想到——如果你真想为自己工作的话，或早或晚，你可能决定建立自己的辜比③。考虑到现在的糟糕表现，安特卫普可能是一个通过适当的展览，来做其他单位没法做的事情的地方。而且——从这里到英国更容易。

为什么所有的画都在艺术品交易的框架里？作为一幅商业作品，肯定有很多东西值得说。因为它们很轻便、易于处理和调度。

贸易是如此过时，而且……由于延宕日久而流产了三次。一定要进行改造——旧的系统不再起作用了。

价格——公众——一切都需要更新。或许，未来对资产阶级来说是廉价，因为普通的艺术爱好者似乎变得越来越吝啬。

从资本开始，往往只会导致一开始失去一切，包括勇气和热情。而从实际上开始，没有什么能让一个人的性格更果断、更坚定。

向你致意——但一定要给我回信，因为我感觉有点晕，因为我有点紧张，我需要力量。

再见。

敬启

文森特

【注释】

①生丁，法国辅币，100生丁合1法郎。

②斯腾城堡（*Het Steen*），是欧洲最大、最古老的城堡之一，位于安特卫普旧城中心。凡·高曾在1885年1月画过一幅描绘斯腾城堡的素描，整体色调呈灰暗色系，属于他早期的创作风格。

③辜比（*Goupils*），当时欧洲最大的艺术品交易公司，凡·高长大后，曾在他伯父的帮助下进入这家公司的海牙分部实习。

巴黎

1886.3—1888.2

巴黎，1887年12月

亲爱的贝尔纳①：

关于那天离开你，我觉得我有必要请你原谅。因此，我在此毫不迟疑地这样做。我建议你去读托尔斯泰的《俄罗斯传说》，还会给你一篇之前跟你提过的关于德拉克洛瓦②的文章。

就我而言，我晚上还是去了吉约曼③那里，安竹码头13号（ *13 quaid' Anjou* ）——我还以为你不知道地址呢。我相信，吉约曼的想法比其他人更健全，如果我们都像他一样，我们就会创作出更好的作品，也就不会有那么多的时间和兴致互相争斗。

我坚信，不是因为我给了你我的想法，而是因为它将成为你自己的信念。我仍然相信，人在画室里不但学不会画画，而且绝对学不到人生。我们必须摆脱那些阴谋家们的老把戏，自己学会生活和绘画。

我认为你的肖像画不会是你最后且最好的作品——尽管你

画得已经非常好了。

看这里——几年前我就想向你解释这个。为了避免笼统，我给你举一个生活中的例子。

如果你和一个画家闹翻了，比如和西涅克④闹翻，以致让你肆无忌惮地说出"倘若那个家伙敢把他任何一幅画挂在我的作品旁边展示，我就立刻撤掉我的作品"的话，说完又继续大肆批评，那么对我来说，就貌似不是一个很好的行为。

因为在做出如此斩钉截铁的结论之前，你最好多看一看，并且要仔细想清楚。反思能使我们认清自己，当我们在发泄一番之后，通常会发现——尤其是当我们正好在与那位画家交恶的时候——自己的作品中可以被批评之处其实不比他少，在他的作品中也有我们所坚持的东西。

因此，如果你已经考虑到西涅克或其他人——不论是个线描画家或是其他流派——能够经常画出好作品，那么与其恶语中伤他，倒不如在提到他的时候多一点尊重和认同。如果他的立场刚好和我们相对，那么我们就更应该那样对待。否则，我们会变成一个心胸狭隘的宗派主义者，就像那些不把别人放在眼里，只认为自己正义的人一样。

遵守这个准则甚至可以延伸到学院派。就拿方丹-拉图尔⑤的一幅甚至他毕生的作品来说吧，无论怎样，这个人都没有什么革命性的创见，但是我们却能在他的作品中看到一种平静和自信，这就让他得以跻身到一众最独特的画家之列嘛。

我还想针对你即将要服的兵役跟你说几句，你现在一定要注意。

坦率地讲，你要准确地认识到你在这期间可以做什么。首先是要保留工作权利，能够选择守备部队。但在其间，你也要保持健康。如果你想表现得更坚强，你就不能太软弱或太激动。

我不认为你必须服兵役是一件多么不幸的事，但可以把它当作一次严峻的考验，如果你能脱颖而出，你就会成为一个非常伟大的艺术家。在那之前，你要尽可能地锻造自己，因为你需要一点精神。

如果你在服兵役期间努力创作，我相信你会拥有一大批优秀的作品，其中的一些我们会帮你推销，因为你知道你需要钱来支付模特儿的费用。

我愿意尽我所能地把餐厅里的事情⑥办好。但我相信，成功的第一个条件就是要抛开小小的嫉妒心。团结就是力量，虽说"人不为己，天诛地灭"，但为了共同的利益，抛弃这条自私的原则还是值得的。

向你致敬。

文森特

【注释】

①埃米尔·贝尔纳（émile Henri Bernard，1868—1941），法国后印象派画家和作家，凡·高和高更的密友，也是诸如《吃土豆的

人》《播种者》等凡·高重要画作的命名者。

②德拉克洛瓦（*Eugène Delacroix*，1798—1863），法国著名画家。

③吉约曼（*Armand Guillaumin*，1841—1927），法国印象派画家。

④西涅克（*Paul Victor Jules Signac*，1863—1935），法国新印象派画家，点彩派创始人之一。

⑤方丹-拉图尔（*Henri Fantin-Latour*，1836—1904），法国肖像画家、版画家和插图画家。

⑥这里所指的是巴黎克利希大街上的一家工人阶级餐厅，凡·高已经赢得了这间房的使用权，并在此举办了他和贝尔纳等人的画展。1887年11月至12月期间，凡·高组织了一场名为"小林荫大道"的画家的展览，据贝尔纳说，这场展览是"凡·高独自一人的努力"。不幸的是，展览的事情让餐厅主人与凡·高发生了激烈的争吵，这使得凡·高决定立即用手推车把全部参展画作都送到他在勒匹克街的画室。

阿尔勒

1888.2—1889.5

阿尔勒，1888年3月18日

亲爱的贝尔纳：

我如约回信。我迫不及待要告诉你，就天空的澄澈和色彩的缤纷来说，在我眼中，这里的某些地方就像日本一样美丽。在地面的景色之上，湖水就像有层层细纹的翡翠，或是印花布上常见的蓝色浓郁阴影。淡薄的夕阳让地面显现出一种蔚蓝色调。金色的黄昏真耀眼！与此同时，我还没有真正见识到这里的村民在夏天里的日常装扮之美。这里的女人衣着美丽，特别是在周日的大街上，能看到一些简单又舒适的色彩组合。到了夏天，这里的景物无疑会显得更加愉悦。

唯一遗憾的是，在这里生活比我预期的要贵，我至今都还没有找到跟当初住在阿旺桥①时那样便宜的住处。一开始的时候，我每天得花上5法郎，但现在只要4法郎就够了。如果你会说这里的方言，而且吃得惯马赛鱼汤和蒜泥蛋黄酱，那么确实可以在阿尔勒找到便宜的地方住。我相信，如果人数多点，条件会更有利。对于热爱太阳和色彩的艺术家来说，这或许也是一个真正的优势。即便在世界另外一端的日本画家在自己国家里止步不前，但日本艺术在法国的确仍然持续着。

我在这封信开头给你画了一小幅草稿，这是我最近正忙着的画作，我想为这幅画做点什么。在画中，水手和他的爱人正要前往镇上，这座小镇前面有座美丽的吊桥，他们的身形是如此美妙地伫立在一轮金黄色的太阳前。（图011）我还画了另外一幅速写，上面画着同一座吊桥和一群浆洗衣服的妇女。（图012）

我非常期待能收到你的回信——哪怕是只言片语，知道你的近况和计划。祝福你和朋友们事事如意。

你的老朋友

文森特

【注释】

①阿旺桥（Pont-Aven），位于法国西北部，因当时有贝尔纳、高更等多位艺术家在这里定居而著名，甚至形成了"阿旺桥学派"。

阿尔勒，1888年4月12日

亲爱的贝尔纳:

感谢你的来信，也谢谢你的装饰画，我觉得很有趣。我经常后悔没能多待在家里，利用想象力进行创作。当然，想象力绝对是一个人必须开发出来的能力，因为相较于对现实匆匆一瞥所得到的领会，人们只有凭着发挥想象力才能创造出一个更具启发性，并且更抚慰人心的世界，因为现实瞬息万变且稍纵即逝。

如果哪天我能在画下满天繁星的同时，也能画出在阳光下开满蒲公英的草原，那么我会多么开心。

然而，除非是待在家里运用想象力创作，否则又怎么能期望这一切能够实现呢？这一点，我就要做自我批评，并且赞美你了。

我现在正忙着画那些结出果实的果树：粉红色的桃树，黄白相间的梨树。我作画向来不墨守成规，我用不规律的笔触击打画布，让各种笔触彼此交织形成画作，运用厚涂笔法——东补一点，西抹一块，有些地方刻意留一笔，有些地方则刻意画过头——狂放的笔触。这种画法的结果（我得假设这种结果确实如此）足以让人感到不安和恼怒，而并非要取悦那些对绘画技法抱有设想的人。

顺便说一句，这里有个素描稿，画的是普罗旺斯果园的入口，那里有黄色的芦苇篱笆，有遮挡风雨的黑柏树，还有各种蔬菜、黄莴苣、洋葱和翠绿的韭菜。

当我出于自然而直接下笔时，我通常会尝试通过线条去捕捉本质。接下来，我会将画笔区隔出来的空间（不管这空间是否真的表现在画面中，我都一定会感受到），用这些平淡、简单的色调填满——土地或土壤全都用上同样的紫罗兰色调，整片天空保持蓝色调，叶子会是蓝绿色或黄绿色（蓝或黄可以逐渐加重）（图013）。简单来讲，就是不存在临摹实景这回事，这才是最重要的！不管怎么说，我亲爱的朋友，我怎么都不信。至于去访问艾克斯、马赛、丹吉尔[1]，不必担心，不过，如果我去那里的话，就会寻找到更便宜的住宿。否则，我相信如果我一生都在创作，以这个小镇的特点，我不可能画不完。

顺便说一下，在竞技场里看斗牛，或者更确切地说是看模拟格斗，看到公牛的数量众多，但没有人与之搏斗。然而人群又是非常壮丽而缤纷的。一层叠着一层，在阳光和阴影的作用下，投下了一个巨大的圆圈阴影。祝你旅途愉快[2]——向你致敬，我的朋友。

文森特

【注释】

①艾克斯（*Aix*），法国南部城市，距离马赛北部约30公里。丹吉尔（*Tangier*），摩洛哥港口城市。

②贝尔纳1886年、1887年的夏天都在布列塔尼度过，1888年仍准备去那里，并且已于4月份出发。

阿尔勒，1888年5月20日

亲爱的提奥：

你信中说你去了格鲁比①那里，这让我很难过，但同时也为你去了那里而感到宽慰。

你是否想到你的嗜眠症——一种严重的昏昏欲睡的状态——可能是由于你的心脏问题所致。在这种情况下，碘化钾与你的疲惫无关？你还记得我去年冬天有多么虚弱，以至到了完全不能做任何事情的程度吧！除了画了一幅小画外，我什么事情都不能做，然而我却完全没服用碘化钾。所以如果我是你，如果格鲁比说不用吃，我就会和里维②说明白。

我完全相信，你无论如何都打算与他们两个人都保持友好的关系。

我现在经常想起格鲁比，总之我感觉非常好，但这是因为这里有纯净的空气和温暖的气候，才使得我能够在这生活。对于这所有的问题以及巴黎恶劣的空气，里维都安于现状，既不尝试着创造一个乐园，也不试着让我们变得更好。但他铸造了一副盔甲，更确切地说，是他把我们武装起来对抗疾病，并保持高昂的精神面貌，我相信，这是基于他自己对疾病的了解。

所以，如果你现在只能够在乡村生活一年，与自然亲密接触，那就会让格鲁比的治疗方法更有效。所以我猜想他会建议你最好不要接触女性，无论如何都要尽可能少地接触。对我自己而言，关于这方面感觉良好，但在这里，因为我有工作并且身处自然之中，如果不是这样，我就会变得忧郁。如果工作对你有一定的吸引力，如果印象派画家们做得很好，那就将会有巨大的收获。孤独、担忧、麻烦以及友好和同情的需求得不到满足——那是很难忍受的事情，悲伤或失望所带来的精神痛苦，比消耗更能摧毁我们。换言之，我们的那些感觉很容易让我们患上心脏病。

我确信碘化钾可以净化血液和整个血液循环系统，难道不是吗？没有它你还能继续活下去吗？无论如何，你都要坦诚地与里维交流一下，我认为他并不是一个爱妒忌的人。

我希望你周围的人能比荷兰人更粗犷，更热情——尽管科宁③的反复无常是一个例外，但也比大部分人要好。不管怎样，身边能有个人总是一件好事。但我还是希望你能有一两个法国朋友。你能帮我一个大忙吗？我有个丹麦的朋友④周二要去巴黎，会给你带去两幅小画——没有什么特别的——我想把它送给在阿涅勒的布瓦西埃伯爵夫人⑤。她住在伏尔泰大道，就是在克利希桥尽头的第一所房子里。房子的一楼是老佩鲁切特饭店。你可以代我交给她，告诉她我希望今年春天能与她再次见面，即使在这边，我也没有忘记她。去年我也给了她们——她和她的女儿——两幅小画。我希望你不会后悔认识她们。毕竟，她们是真正的贵族。伯爵夫人已不再年轻了，但她首先是伯爵夫人，然后才是一位女士，她的女儿也同样如此。

你去看一下是有必要的，因为我不确定她们一家今年是否还住在同样的地方（尽管她们在那里居住多年，佩鲁切特[⑥]应该知道她们在城中的住址）。或许我是在自欺欺人——但我忍不住会想到她们。如果你见到她们，或许她们和你都会很开心。

听着，我会尽我所能给你寄一些描绘多德雷赫特的新图稿。

这个星期我画了两幅静物画。

一幅画画的是一个蓝色的搪瓷咖啡壶，左边是一个深蓝色和金色的杯子，以及一把淡蓝色和白色的方格牛奶壶。右边是一个白色的杯子，上面有蓝色和橙色的图案，放在灰黄的陶瓷盘子里，还有一个带有花饰的蓝色陶罐，上面是红色、绿色和棕色的图案，最后是2个橘子和3个柠檬；这些都放在铺着蓝色桌布的桌子上，黄绿色背景，所以有6种不同的蓝色和4种或5种黄色和橙色。

另一幅静物画是装有野花的马略尔卡[⑦]陶壶。

非常感谢你的来信和50法郎的钞票，我希望运货箱在几天内到达。下次我可以把油画从框架上取下来，这样就可以卷起来用快递邮寄。我认为你很快就能和这个丹麦人成为朋友——他做的不多，但他很聪明，心地善良，而且他可能刚开始画画不久。找个周末带他出去走走，多了解了解他。

对我自己而言，我感觉好多了，我的血液循环状况良好，我的胃消化情况也不错。我现在找到了非常非常好的食物，能对我产生立竿见影的效果。

你见过格鲁比捏紧嘴唇说"不碰女人"时的表情吗？那表情很像德加⑧。但没有什么好否认的，因为当你不得不用大脑工作、计算、思考、规划业务时，你的神经负担已经够多了。所以现在就去拜访那些女艺术家吧，你会成功的——真的。这样做你不会失去什么，你知道的。

我还没有和家具经销商达成任何协议，我看到了一张床，但是比我预想的要贵。我感觉在花更多钱买家具之前，有必要多做一些工作。

我的房租是每晚1法郎，我还买了更多结实的亚麻布和一些颜料。

正如我的血液逐渐恢复正常一样，我的大脑也更敏锐了。如果你的病也是因为这个漫长而可怕的冬天的话，我也不感到奇怪。这和我的情况是一样的。尽可能地多呼吸点春天的空气，早点睡觉，因为你需要有充足的睡眠。至于食物，多吃些新鲜蔬菜，不要喝劣酒。尽量不接触女性，多一些耐心。如果没有立刻恢复，也没有关系。现在格鲁比会在那里给你提供大量的肉食。我在这不能吃到太多的肉，当然也没有必要。我那种精神上的疲惫感正在消失，所以我觉得也不再需要那么多的娱乐消遣了。越少地被激情困扰，我就越能平静地工作，我可以独自一人而不感到无聊。我感觉自己变老了一些，但我并不悲伤。

如果你在下一封信中说已经完全好了，我是不会相信的。或许会有彻底的改变，如果你在恢复期间有些沮丧，我也不会感到惊讶。在艺术生涯中，我们会时常产生追求"真实"的想法，但那仍然是无法实现的。

那些驱使着我们对艺术全身心地奉献的欲望，有时会完全消失。我们感觉自己就是一匹拉着车的老马，打算再次拉起同一辆旧马车。但最好不要那样，它更应该生活在沐浴着阳光的草地上，在河畔与其他马相伴，尽可能地享受自由自在的时光。或许这就是你心脏疾病的病根，我不会惊讶。我们无法反抗，也无法放弃自我，凡事无法尽如人意，也许无药可解。我不清楚谁把这种状态称作"死亡与不朽"⑨。我们拖着马车向前就一定有人所不知的作用。因此，如果我们相信新的艺术，相信未来的艺术家，那么我们的预言就不会欺骗我们。善良的老柯罗在去世前的一些天说："在昨晚的梦中，我看到了粉色的天空。"很好，但印象派画作的风景中，天空不应该是粉色、黄色和绿色的吗？所以说，某些东西让人觉得在未来必将发生，而且也果真出现在现实中。

我们更愿意相信自己距离死亡还很遥远，而且会认为艺术比我们的生命更伟大，更持久。

我们并不觉得自己快要死了，但也却能感觉到时日无多。为了成为艺术家，我们付出了高昂的代价：健康、青春和自由，我们还没来得及享受这些，这简直连拉着满载乘客的车厢去享受春天的老马都不如。那么——我希望我们俩都能成功地恢复健康，因为我们需要它。皮埃尔·德·夏凡纳⑩的希望应该、也必须被实现，他认为未来有一种艺术，它是如此的可爱和年轻，是那样真实，即使我们当下愿意为此放弃我们的青春，在未来也将从生活的喜悦和宁静中得到补偿。或许把这些都写下来有些愚蠢，但这就是我的感受。在我看来，你正遭受着和我一样的痛苦，看着我们的青春在成长——但如果它能在我们的工作中再次成长和复苏，那我们就没有失去什么，因为我们工作的能力是另一种形式的青春。所以认真等待好转，因为我们需要健康。向你和科宁表示崇高的敬意。

敬启

文森特

【注释】

①格鲁比（*David Gruby*，1810—1898），巴黎名医，也是当时诸如肖邦、巴尔扎克、凡·高兄弟等多位文艺人士的朋友。

②里维（*Louis Marie Hippoyte Rivet*，1851—1931/1932），巴黎医生。

③科宁（*Arnoud Hendriks Koning*，1860—1945），荷兰画家。

④指莫瑞尔-彼得森（*Christian Vilhelm Mourier-Petersen*，1858—1945），丹麦画家。

⑤布瓦西埃伯爵夫人（*Countess Clara Levaillant Dela Boissière*，1857—?），欧仁·莱瓦兰·布瓦西埃伯爵的妻子，法国贵族，他们有个女儿珍妮·布瓦西埃。阿涅勒（*Asnières*），法国法兰西岛大区上塞纳省的一个市镇，位于塞纳河畔。

⑥佩鲁切特（*Marcellin Perruchot*，1836—?），饭店所有人和阿涅勒当地酒商。

⑦马略尔卡（*Majolica*），是一种可追溯到文艺复兴时期的意大利锡釉陶器。

⑧德加（*Edgar Degas*，1834—1917），法国艺术家，以绘画、雕塑、版画著名，尤其擅长描绘动作。他的肖像画以其心理复杂性和对人类孤立的描绘而闻名。

⑨出自法国作家都德的小说《暴发户》（*Le Nabab*）。

⑩皮埃尔·德·夏凡纳（*Pierre Puvis de Chavannes*，1824—1898），法国著名画家。

阿尔勒，1888年5月22日

亲爱的贝尔纳：

我刚收到你的最后一封信，你是对的，那些女黑人真令人心碎。并且你认为这种事情并非是无辜的，我也非常同意。

我刚刚读完一本关于马克萨斯群岛①的书。书中的故事并不优美，文笔也很差劲，但是内容却相当揪心，因为当中描述了一整群原住民——食人族遭到灭绝的过程！他们只因为吃了人，据说每个月一次，就被当作食人族。（那又能怎么样呢？）

所有的白人基督徒都可能会认为，杜绝这个整体看起来只是有点嗜血的野蛮行为的最好办法，就是把这群原住民赶尽杀绝，而且不单要灭绝这个原始部落，连同他们过去为了双方能得到可以拿来吃掉的战俘而相互征战的部落，也要一并屠杀殆尽。

这两座岛屿随后变成法国殖民地，岛上的原住民从此陷入万劫不复的境地！

那些文身的种族、黑人、印第安人——他们不是正在消失，就是日渐衰微。而那些携带着白兰地、金钱、梅毒入侵的白人是多么可恶，这个世界什么时候才会厌恶他们？那些可怕的白人是多么的伪善、贪婪和无趣！而这些可怜的野人却充满了和善与友爱！

你因此想到高更就对了。高更的黑人女性画像里藏着真正的诗意。从他的画笔下诞生的每件事，都有其迷人、揪心以及让人惊骇的地方。世人还没能了解高更。他就像其他货真价实的诗人那样，因为作品的有价无市而深受其苦。

亲爱的伙伴，我以前应该给你写信的，只是我有很多事情要做。首先，我给我的弟弟送去了一大批习作；其次，我的健康状况一直不好；第三，我刚租了一栋房子，外墙上涂了黄漆，内部刮了大白，而且整栋房子（四个房间）都沐浴在阳光下。

最重要的是，我正在创作新的画。晚上的时候，我经常已经筋疲力尽。这就是为什么我这么晚才给你答案。

听着，那首关于林荫大道上的女人的十四行诗里有一些妙处，但那不是真的，结局也很平庸：一个崇高的女人……我不知道你说的是什么意思，你也不明白。此外：

在古老和年轻的部落中聚集

夜已至深，谁来伴她共眠。

像这样的事情根本就不是我们这条林荫大道上的女人的特征——这里的晚上她们通常是一个人睡，因为她们在白天或晚上期间要折腾五六次。那些皮条客把她们带回家，但他不跟她们睡。这个疲惫不堪的女人通常都是自己睡，而且睡得很沉。

但是如果你改变两三行，它就很符合了。

你最近画了些什么？至于我，我画了这么几样静物：一把蓝色搪瓷咖啡壶，皇家蓝的茶杯和杯碟，带有浅钴蓝色和白色方格装饰的牛奶罐，一只白底上画着橘、蓝两色图案的花瓶，以及一个绘有粉红色花朵和绿棕色叶子的蓝色马略尔卡陶壶，这些全都放在蓝色的桌布上，衬托着后边的黄色背景，还摆放着两颗柳橙和三颗柠檬②。整幅画宛若呈现出一首蓝色调的交响曲，而这个蓝色也因为从黄到橘的色阶变化而更加鲜明。

此外我还画了另一幅静物画，是黄色背景前的篮中柠檬（图014）。

除了这两幅，我也画了阿尔勒的景色（图015）。整座城镇都隐藏在无花果树枝下，只能看见少数的几个红色屋顶和塔楼。

这些全都安静地落在背景上，上头透着一条细细的蓝天。阿尔勒的四周是一片覆满蒲公英、宛若黄色花海的草原。画面前景是一条长满紫色鸢尾花的小河沟，从这片草原上划过。但是就在我正专注于画下这片景象时，草被修剪过了，这也是为什么这幅画只是一幅习作而非我所期望的作品的缘故。但是这个题材很棒，对吧？黄色的花海覆盖着紫色鸢尾花礁，背景则是那个住着美丽女子的迷人小镇！然后我在路边又作了两幅练习稿——以狂暴的米斯特拉尔风③为对象。如果你不着急看我的回复，我应该给你画个草图。

文森特

【注释】

①马克萨斯群岛，位于太平洋中南部，1842年沦为法国殖民地，现为法属波利尼西亚一部分。

②凡·高《静物》（*Still Life with Coffee Pot*）。对于这幅画以及另一幅静物画，凡·高在5月20日写给提奥的信中也有所提及。

③米斯特拉尔风，法国地中海沿岸地带的一种干冷西北风。

阿尔勒，1888年6月7日

我亲爱的伙伴贝尔纳：

　　我越来越相信，如果绘画能达到像希腊雕像、德国音乐以及法国文学那样稳重的高度，那么那些应该被画出来的画作、那些必要且必然的画作，必将能够超越个人的力量。这些画将会由一群画家依据共同的理念来集体创作，并将付诸成型。

　　例如，一位画家可能对色彩非常敏感，但是缺乏创意。而另一位画家常有许多好的坏的新概念，却不知道该如何将其完美地表现出来。更令人感到遗憾的是，艺术家们都缺乏合作精神，他们互相批评和迫害，而幸运的是，这些人尚未泯灭本性。

　　你也许会觉得这都是些迂腐老套的腔调吧？谁知道呢？但就这件事情本身——一场艺术复兴的可能性——来看，这当然不会是陈词滥调。

　　我要问你一个关于技法的问题。请在下一封信里告诉我你的观点。我想把从颜料商那里买来的那种黑色和白色颜料，大胆地抹在调色板上，直接使用原色。如果我在一个铺有粉色步道的绿色公园（请务必记住，我对日本那种简单的平涂上色的方式牢记于心）看到一个穿黑衣服的绅士——例如一个地方官员，正在读着《果敢报》[1]，而他头上的天空是纯粹的钴蓝色，那为什么我不能把这位绅士画成纯黑色，并且把报纸画成纯白色呢？由于日本的画家并不在乎光线，反而用没有光影的平直色调一片片地上色，以简单的方式，利用独特的线条来捕捉动作或形体。

至于另一个想法——比如，在一个包含金色黄昏的色彩组合中，在必要的时候，为了与天空相映衬，我们可能会用纯白色画出一道白墙，或者采用一种奇怪的方式，用中性色调调和过的白色来画，因为天空本身会为这个白色增添一抹淡淡的紫色。

而且，在这个非常单纯的风景里，这样做是合理的。一栋全白的小房子（甚至连房顶都是白的），矗立在橘色的大地上——南方的天空和地中海容易带出浓密的橘色色彩，因为这里的蓝非常浓烈，黑色门窗和屋顶上的小十字架装饰成了黑白反差，看起来就像橘色和蓝色的对比一样令人赏心悦目。（图016）

在同样的原则下，还有另外一个更有趣的主题：身穿黑白格纹裙装的女子，站在同样简单的风景中，伴随着蓝色的天空与橘色的大地——我想这个景象将非常有趣。在阿尔勒，她们经常穿着黑白格子的服装。

黑与白可以恰如其分地被当作色彩使用（至少在许多例子里是这样），因为在许多情况下，这种对比就像是诸如红与绿的对比一样强烈。

　　日本人就会利用这一点。他们在白纸上画下四笔，把一个小女孩儿苍白、隐约的肌肤感，以及白色肌肤和黑色秀发的动人反差，呈现得非常到位。他们也会用同样的手法去描绘覆盖着上千朵白花的黑荆棘丛。

　　最后，我终于看到了地中海，你可能会比我更早地穿过它。

　　我在圣·玛利②待了一个星期。我取道卡马尔格，穿过葡萄园、草地和平原，历经千辛万苦到达那里，那里的平原景色与荷兰一样。在圣·玛利，我看到几个小女孩儿，她们让我联想到了契马布耶和乔托③的画——事实上，她们很瘦，很高，神情也很哀伤、神秘。在平坦的沙滩上，我看见几艘或绿或红或蓝的小船，无论外形还是颜色都很漂亮，让人想起花朵。（图017）这种船可供单人出海，不过不能开到公海上。想要划船到远处探险，就只能等到风浪小的时候出发，并且还要赶在风浪起势前返航。

　　高更似乎还在生病。

　　我很想知道你最近在做什么——我只画了些风景——附上一幅素描。我也很想去非洲看看，但是我不会为未来做出任何明确的规划，因为这一切都要视实际情况而定。

　　我想体验的是那深邃的蓝天所带来的效果。弗罗芒坦④和杰罗姆认为南方的土壤毫无色彩之美可言，而且许多人都赞同他们的看法。可是，上帝啊！如果你捧起一团干沙子并且近距离观察它，你当然看不见沙子的颜色，用这种方式观察水和空气，也都是这样。没有黄和橘就不会有蓝，当你画出蓝色时，也要画出黄色和橘色，我说得不对吗？好吧，你会告诉我，我写给你的只是些陈词滥调。

　　敬启

文森特

【注释】

　　①《果敢报》，法国报纸，1880年7月创刊，由亨利·罗什福尔创办。该报在1940年法国投降后停止出版，1947年又以《巴黎日报》的名义重新出版，之后与巴黎新闻社合并。

　　②圣·玛利（*Saintes-Maries-de-la-Mer*），法国南部普罗旺斯地区的一个地中海边的渔村，因有河流在此注入地中海，所以该地有部分三角洲的地貌景观神似荷兰湿地，凡·高在这里相继完成了几幅以渔船为主题的作品。

　　③契马布耶（*Cimabue*，1240—1302），意大利文艺复兴初期画家，乔托的老师。乔托（*Giotto*，1267—1337），意大利文艺复兴时期杰出的雕刻家、画家和建筑师，被认为是意大利文艺复兴时期的开创者和先驱者，被誉为"欧洲绘画之父"。

　　④弗罗芒坦（*Eugène Fromentin*，1820—1876），法国19世纪浪漫主义画家、作家，擅长人物与风景画，尤擅画东方阿拉伯风土人情。

阿尔勒，1888年6月19日

亲爱的贝尔纳：

请原谅我在匆忙之中给你写信，我担心字迹过于潦草以至难以辨认，但我确实想立刻回复。

你知不知道我们一直很愚蠢，高更、你还有我，我们为什么不去同一个地方？但是当高更离开的时候，我仍然不确定我是否能够离开，而当你离开的时候，那些可怕的金钱生意，以及我寄给你的关于生活成本的糟糕报告，让你不愿前来。如果我们一同去了阿尔勒，那就非常明智了，因为在这里，我们三个人可以管理各自的生活开支。对我个人来说，我在南方的确觉得比在北方舒服。我甚至连在中午时分都直接顶着烈日作画，连个遮阳的东西都没有。请相信我，我简直快乐得像只蟋蟀。天啊！为什么我到了35岁才知道这里，而不是在25岁的时候！不过，过去那段日子我沉迷于灰暗色系，或者说一点不重视色彩。我一心所想的都是米勒，还有要结交毛沃、以色列等荷兰艺术圈子里的人。

我画了那幅《播种者》的草稿：一大片地垄沟，上面的土已经耕过了，大部分呈紫罗兰色。远景还有一片成熟的小麦，透着赭黄色和一点胭脂红。天空也是一片铬黄色，几乎和用铬黄1[①]和白色画成的太阳一样亮，其余的天空则用铬黄1和铬黄2相混合，因为很黄。画中人物的工作服是蓝色的，裤子是白色的。

画布尺寸是25号，方形的。

在土壤中有许多黄色的笔触，那是用紫色和黄色混合而成的中性色调，但我不太在乎现实中的颜色。我更愿意用朴素笔法画旧月历上的插图。那些老农家里的旧月历上的插图多么美啊！那些冰雹、雨水、落雪或晴空都是用完美的朴素笔法画就，正如安克坦在画作《收获》中的使用偏好一样。[②]我跟你说，我很喜欢乡村，因为我就是在乡下长大的——我仍然会想念旧时时光，渴望永恒——我的《播种者》和《谷堆》可以证明。但我什么时候才能画出那幅记挂在我脑海中的、描绘点点繁星的夜空的画呢？

唉，这就像在于斯曼[③]的小说《家庭》当中，有个高尚的赛普勒斯人曾经说过的那样："世界上最美的画，是一个人躺在床上抽着烟时，梦想着能将之画出，却永远没能画就的那一幅。"他说得太对了。我们必须去画出这样的作品，或许在大自然那无以名状的完美和辉煌的壮丽面前，我们会感到自己多么无能。

我非常期待看到你在妓院里作的画！

我一直在责备自己，因为我还没有做过任何练习。

这是我给你的另一幅风景画④！画中那一轮西坠的落日，或许还有东升的月亮。

不管怎样，那就是夏夜。

紫罗兰色的城市、黄色的星辰、蓝绿色的夜空，以及暗金、红铜、金绿、金红、金黄、黄铜等各色作物。画布尺寸是30号，方形的。

我是在一阵米斯特拉尔风中创作了这幅画。我把画架用铁钉固定在地面上，我也向你推荐这种方法。你把画架腿伸到地面上，然后在它们旁边的地上钉上铁钉。你用绳子把所有的东西都绑在一起。这样你就可以在风中工作了。

我想说一些我对黑与白的看法，就以《播种者》为例（图018）。这幅画的构图分上下两部分，上半部分为黄色，下半部分是紫罗兰色。你会发现，画中人物的白色长裤对视觉而言既平静又愉悦，然而黄、紫两色的清冽对比却也对视觉有一种刺激效果。你看，这就是我要说的。

我知道这里有个佐阿夫兵⑤少尉叫米勒。我教过他绘画——教我的透视构图——他也开始画一些图，老实讲，画得不怎么样。他很好学，驻扎在东京⑥，等他10月份动身去非洲，如果你想参加，他会带你去，并保证你有相当大的自由度去画画，至少如果你愿意帮助他提高绘画水平。这对你有帮助吗？如果有，请尽快告诉我。

我作画的一个理由就是画可以卖钱。既然你对此表示怀疑，或许你会认为这个理由太无趣，并且不以为然。但确实如此。我不画画最重要的一个原因就是，画布和染料太贵了，还没等把画卖出去，这笔成本就会让我吃不消了。

而另一方面，素描画的创作成本就不那么高。

高更在阿旺桥也很无聊，一如你也很孤立无助一样。要是你能去看看他就好了！但我不清楚他是否打算留在那里，我认为他计划去巴黎。他告诉我，他以为我会去阿旺桥。我的天啊，要是我们三个人都在这里！你一定会说这太过分了。好吧，但是想想看，你可以在这里工作一整年。我非常喜欢这个乡下地方的主要原因，是因为在这里感受不到那会让我全身血液循环减缓、让我无法思考和行动的严寒。

这种情况，只有当你是个军人，并且刚好遇到时才会了解。你的忧郁感会消逝，我不认为这可能是因为贫血、血液运行不畅所致。

这种症状全是拜巴黎那难以下咽的酒，以及那难吃得要死的牛肉所赐。

我的上帝啊，这种状况已经严重到让我的血液凝固，或者实际上差不多是这样了。不过，在这里待了差不多四周之后，我的血液又开始运行了。然而，我亲爱的伙伴，与此同时，我就像你现在这样，忧郁症突然发作，要不是我当时误把这种惨状当作复原前的好转迹象而高兴地接纳它，我可能也会承受你现在承受的痛苦。

所以，不要回到巴黎，留在乡下，因为你还要调整状态来通过去非洲服役的审核。对了，事后我的状况真的很快就有所改善。

绘画创作与男女间的情爱是不可兼得的。它会让你的意志变得软弱，这可真麻烦！

正如你所知，艺术家的主保圣人路加[②]，他的象征是一头长着翅膀的公牛。所以如果我们想在艺术领域继续创作，就得像牛一样有耐心。尽管如此，公牛还是非常幸运的，不必和这该死的绘画事业有什么牵连。

不过我想跟你说，一旦你战胜了忧郁，你就将会感受到不同以往的快乐。你会活得更健康，会发现周围的世界是那么的美丽，美到你只想把它画下来。

我相信你的诗作也会有相同的转变。在经历了那么多怪事之后，你将能够创作出充满埃及式的恬静和谐以及极简大美的作品。

> 短暂的时光，
>
> 沐浴着爱的花朵，
>
> 那还不到一秒钟，
>
> 只是一个梦。
>
> 时间引领着我们，
>
> 令我们陶醉。

那不是波德莱尔[⑧]的诗，我也不知道是谁写的。这源于一首歌词——难道它只是表达了一种很随意的想法？

几天前，我读了洛蒂⑨的《菊子夫人》，里面有关于日本的有趣情节。

我弟弟当时正在举办克劳德·莫奈的展览工作，我很想去看看。莫泊桑等人来看展，并说他未来会常到蒙马特大道⑩去。

我必须去画画了，所以就写到这吧。我可能很快就会再写一遍。万分抱歉，我没有在信上粘足够的邮票，即便我堵在邮局门口。这也不是头一回了。在略带疑惑地咨询了邮局柜台后，他们给了我错误的邮费信息。你无法想象这种冷漠，这里的人对一切都漠不关心。不管怎样，你很快就会在非洲看到这一切了。感谢你的来信，希望很快能再写一遍，那时我就不会那么着急了。

致敬

文森特

【注释】

①这里的"铬黄1"及下文的"铬黄2"是指颜料的规格号。

②安克坦（*Louis Anquetin*，1861—1932），法国画家。《收获》（*Harvest*），1887年作。

③于斯曼（*Joris-Karl Huysmans*，1848—1907），法国作家。

④指凡·高《落日麦田》（*Wheat Filed with Setting Sun*）。

⑤佐阿夫兵（*Zouave*），法国陆军轻步兵军团兵种，最初由阿尔及利亚人组成，长期保留其阿拉伯式华丽制服。

⑥东京（*Tonkin*），这里是对越南北部某一地区的旧称。

⑦主保圣人是守护圣人的意思，是部分基督教对圣人的一个称呼，可以包括圣女。路加（*St. Luke*），《圣经·新约》中《路加福音》《使徒行传》的作者，被奉为医务工作者和艺术家的主保圣人。

⑧波德莱尔（*Charles Pierre Baudelaire*，1821—1867），法国诗人、散文家、艺术评论家。

⑨洛蒂（*Pierre Loti*，1850—1923），法国海军军官、小说家，以奇异小说著称。

⑩蒙马特大道（*The Boulevard Montmartre*），巴黎四大林荫大道之一，建于1763年。

阿尔勒，1888年6月27日

亲爱的贝尔纳：

我不清楚我昨天在信里面塞了什么，而不是写给你最后的诗里的附页。事实上，我工作得很累，在晚上，虽然写作对我而言是宁静的。我就像是一台休息的机器——的确可以这么形容。另一方面，我在阳光下又度过了疲惫的一天。这就是为什么我会把另一张纸塞进我的信里而不是这个的原因了。

读了昨天的短信，我的天啊，它对我来说似乎很清晰，所以我把它寄给你。

今天又是非常忙碌的一天。

我很好奇你会如何评价我现在的作品。不管怎样，你都不会在我的画作中看到塞尚那谨慎到近乎羞怯的笔触。尽管作画的角度略显不同，但是，当我画拉克罗和卡马尔格①——和塞尚画的是同一处绵延的乡间景色——的风景时，你还是能够或多或少地从我的用色中发现端倪。我怎么知道，每当我刚好想起他在许多作品中那些笨拙——请原谅我用"笨拙"这个词来形容——的笔触时，我就不由自主地想起他：这些画可能都是顶着呼啸的米斯特拉尔风画出来的。我在作画的过程中也得应付同样的难题，因此多少能够体会塞尚的笔触为什么有时候会显得稳重，有时候却笨拙。我还以为他的画板在摇晃呢。

我有时候作画的速度非常疯狂，这么做是错吗？我也没办法。举个例子，我的《夏夜》就是在大约30号的画布上一气呵成的。我能重来一次吗？绝不可能！我为什么要糟蹋它呢？特别是这幅画我还刻意是在猛烈的米斯特拉尔风中创作的。难道我们找寻想法的强度还不如平静的触摸？况且说到底，在现场出于自然状态下画出眼中所见的第一印象时，可能一直保持着相当规律、冷静的方式吗？平心而论，我认为这就跟学习剑术一样困难。

我已经把你的画寄给了我弟弟，并且急切地求他从你那里买一些作品。如果我弟弟能做到——他会的，因为他清楚我对销售你的画有多热情。

如果你愿意，我将用我画的佐阿夫兵少尉的肖像（图019）与你交换。

我这么说，是因为我能让你多卖一些。

这是对你的妓院素描练习的回应。如果我们拍一张妓院的照片，我确信我会接受让佐阿夫兵的练习具有一定的特征（图020）。啊！如果画家们能够团结起来创作出伟大的作品，那该有多好啊！

未来的艺术将会向我们展示这方面的例子。为了创作出好的绘画作品，画家们不得不携手合作，才能承受物质生活上的窘境。唉！目前我们还没那么进步，绘画艺术的发展速度并不像文学那么快。今天这封信就跟昨天一样还是写得很匆忙，因为我已疲惫不堪。我想这时候已经没有力气再画了，早上去田地里画画已经很累了。

南方的太阳真毒啊！我现在也没办法判断我这件作品是好是坏。我画了七幅关于玉米田的画，不过很可惜都不太满意，那都只是风景画而已。这些画都是黄色调——很古老的黄色——而且是在急速状态下完成的，就像农民在闷热的阳光下一声不响地忙着收割，心里只想着收得越多越好。

我能够理解你对我不喜欢《圣经》这件事感到惊讶，虽然我曾经试图深入研究一下《圣经》。从艺术的观点来看，对我来说，只有《圣经》的核心——基督，能高于希腊、印度、埃及与波斯古文物的地位，或者有点不同；不过这些文物的地位还是非常高的。我再次强调，这个基督比所有的艺术家都还要"艺术家"——他用活生生的肉体和精神去创作——他创造的是人类而非雕像。并且作为一个画家，我觉得成为一头牛也挺好，况且我也崇拜公牛、雄鹰和人类。怀有这样的崇敬之心，将让我不至于变成一个野心勃勃的人。

致敬

文森特

【注释】

　　①拉克罗（*La Crau*），位于法国东南部的普罗旺斯地区。卡马尔格（*Camargue*），位于法国阿尔勒南部地区。

阿尔勒，1888年7月15日

亲爱的贝尔纳:

当你看到我寄给你这封信和一些草稿的时候，或许你就会不怪我为什么没有立刻回复你的信了。

在我的《花园》草图中，或许有些很像克里韦利[①]或维雷利的"花草交织的毛绒地毯"，但这并不重要。我很想写些什么来回复你信中引用的句子，即便不用文字也好，但是我今天什么也不想讨论，因为我正沉浸在创作里。

我刚画好两幅大型的铅笔画，一幅是从山顶上鸟瞰那一望无垠的平原: 一望无际的葡萄园、作物收成残株，就像是海平面一般延伸到拉克罗山峦下的地平线。

这幅画看起来不像日本画，但是说心里话，这是我画过的最有日本画风格的作品。

一位农夫和一列穿过麦田的小火车，构成了这幅画中仅有的生命迹象。你知道吗？ 在我刚到这里的那几天，有个画家朋友对我说，画这个真是太无聊了！ 我没搭理他，一想到这里的景色这么美，我甚至都不想浪费力气去回应那个白痴。我一而再地返回那里，画了两幅素描——这一路延伸的乡间美景里只有无限和永恒，别无其他。

当我在现场作画时，有个男人走过来，但他不是画家，而是一个军人。我问他："如果我说我觉得这里的景色像大海一样美，你会惊讶吗？"对了，这家伙很懂海。"不，"他回答，"你这么说，我没什么好惊讶的。但是我觉得这里比大海更美，因为这里还有人烟。"这两个人究竟谁更懂艺术呢？是画家还是军人？我想，应该是军人——我更喜欢那个军人的眼睛。对吧？

轮到我对你说，这一次，你很快就回复了我——让我知道你是否同意给我一些关于布雷东的素描。我有一个包裹要寄走，在此之前，我可以再为你做6幅钢笔素描。几乎没有人怀疑你有义务做这件事，总之，我也要开始我这边的工作了，即使我都不知道你是否想要这么做。现在，我要把这些素描送到我弟弟那里，催促他从他们那里拿些东西作为我们的收藏。

总之，我已经给他写了这封信。但是我们目前正在做的事，还没有让我们挣到哪怕一个苏②。

事实上，高更——他病得很重——很可能会和我一起在南方过冬。我们担心的还有车费。一旦到了这里，独处的时间可能会比在一起的时间更多。这更有理由让我给你一些东西。一旦高更到达这里，我们将在马赛尝试创作一些作品，并且很可能会在当地展出。现在我也想要一些东西，尽管不会让你失去在巴黎销售的机会。在任何情况下，我都不会相信，支持你交换我们彼此的习作会让你失去它们。一旦我成功了，我们还会做另一件事，但现在已经很困难了。我确信，如果我们能在马赛顺利办展，早晚有一天高更和我会鼓励你加入的。

托马斯③买下了安克坦最后的作品——《农夫》。

我想画人类，只有人类。

我最爱这种两足动物，从最小的婴儿到苏格拉底，从黑发白肤的女性到皮肤晒得通红的金发女郎。除此之外，我也画别的东西。

但是在我所有的作品当中，有一幅画正好完美地延续了我的荷兰系列。这幅画我曾经连同我在荷兰时的其他作品，如《吃土豆的人》（图021），一起让你看过。希望你也能看看这些作品。色彩在这些画作中起着至关重要的作用，因为一幅画的黑与白并不能让你得到什么概念。我确实想过要寄给你一幅我仔细画的大型素描，但出来的结果还是完全不一样；因为色彩是唯一能呈现出仲夏正午的炙热空气、农作物收成效果的要素。如果少了这些效果，整幅画就会走了调。

啊，这晒在我头顶上的乡间阳光多么灿烂啊！我坚信这阳光会让人疯狂，但就在我已经稍微有点疯狂倾向的时刻，我只想乐在其中。

我计划用几朵向日葵来装点画室。那或耀眼或暗淡的铬黄色，会在范围从最细致的碧蓝到皇家蓝、带着金黄色细线条的斑驳蓝色背景下，鲜活地凸现出来，并且产生一种装饰感。这也会创造出如同哥特式教堂窗户一般的效果。

啊！我们这些疯子啊！双眼为人类带来多大的欢乐啊，难道不是吗？但是大自然还是会对人类内在的动物性进行报复；人的肉体能承受怜悯，而且这通常是一种可怕的负担。这从乔托时代起就开始了，他就是这样的体弱多病。但是在看到伦勃朗这位裹着头巾、手里拿着调色盘的大师那豁牙的笑容后，我们又能从中获得何等的愉悦和乐趣呢。

敬启

文森特

【注释】

①克里韦利（*Carlo Crivelli*，1430—1495），意大利文艺复兴时期画家。

②苏（*Sou*），旧时法国的一种铜币。

③托马斯（*Georges Thomas*，？—1908以后），巴黎艺术商人。

阿尔勒，1888年7月17日、20日

亲爱的贝尔纳：

我今天刚刚给你寄了9幅油画作品的草图。（图022）（图023）这么一来，你就能理解这种能够启发塞尚灵感的自然题材。由于靠近艾克斯的拉克罗，因此这里的景色和塔拉斯孔①周围很像。卡马尔格甚至更为纯粹，在绵延的荒地上只能看见罗望子树②叶和挺直的杂草，而这些杂草和这片草原的关系，一如针茅草③与沙漠的关系一样。

我知道你非常喜欢塞尚，我想这些来自普罗旺斯的草图应该能让你感到高兴。但这不是因为我的画中有任何与塞尚相似的迹象，不，我的意思是说，没有我和蒙蒂塞利④那么像。不过我和他们都热爱同一个地区，而且都出于同一个原因，那就是色彩和明确的构图。

我亲爱的老朋友贝尔纳——之前我提到的"合作"，并不是简单地指两三个画家在一起创作出一幅作品。我的意思是说，大家应该各自独立创作，但彼此之间相互融合，共同呈现

出整体感。你看看早期的意大利画家、德国原始主义画家、荷兰画派，以及后来的意大利画家，他们的作品不都是在无心插柳的状态下整合成一种风格的嘛。

事实上，印象派画家也组成了一个团体，尽管这个团体的内斗十分激烈，对立双方彼此恨之入骨。这股动力其实应该挪用到更积极的地方。

在我们北方画派中，伦勃朗就是领军人物——因为他能影响到他身边的所有人。比如，我们知道波特⑤擅长描绘发情中的动物，即在风雨中、暖阳下激动的动物，以及秋日的忧郁情调。但就是这个画家波特，在认识伦勃朗之前，画风却是相当干涸、拘谨的。伦勃朗和波特的关系亲如兄弟，尽管伦勃朗从没对波特的画改过一笔，但这改变不了事实。波特和罗伊斯达尔⑥的画作中所有优秀的特质，也都要归功于伦勃朗——这些特质就是，我们从他们的画作的气质中成功地辨识出荷兰古老画派的一些东西，一些能让我们从内心深处悸动的、无形的东西。

除此之外另一个事实是，物质生活的窘迫境况也让艺术家们渴望合作，彼此团结，就像那时候的圣路加工会⑦一样令人向往。

只要艺术家们能够以同行的身份彼此赞赏，而不是互相争执，或许能极大改变彼此的窘境，让他们过得快乐一些，少一些荒唐、愚蠢和卑鄙。

然而，我不想极力主张这一点，因为我非常清楚现在的生活节奏是多么狂乱，以至于我们没有时间去认真讨论或执行什么事情。这也就是为什么直到现在，根据任何可能的艺术家组织的观点来看，我们画家就像是身处在这个时代的浪潮中央，在惊涛骇浪下，独自划着一艘破烂的小船前行。

这个时代是进步，还是衰退？我们根本无从判断。只因我们当局者迷，迷到不可避免地被扭曲的观点带偏方向。在我们眼里，当代事件或许有些夸张，但无论如何都将会成为我们的优势或者劣势。

向你致敬，希望不久后就能收到你的回信。

文森特

【注释】

①塔拉斯孔（*Tarascon*），法国地名，是位于普罗旺斯地区的小镇。

②罗望子树（*Tamarind*），中文名酸豆树，热带乔木，原产于东部非洲，是世界上分布最广泛的热带果树。

③针茅草，多年生草本植物，产于中国新疆，欧洲和亚洲中亚细亚均有分布，为干旱草原地区的饲料植物。

④蒙蒂塞利（*Adolphe Monticelli*，1824—1886），法国画家。

⑤波特（*Paulus Potter*，1625—1654），荷兰画家，画作多以牛、马再配上风景为主题。

⑥罗伊斯达尔（*Jacobvan Ruisdael*，1628—1682），17世纪荷兰最为出名的风景画家之一，也是荷兰古典主义风景画的先驱。

⑦圣路加工会（*Guildof Saint Luke*），由欧洲，特别是荷兰的画家、木刻家、制版工匠构成的行业工会性质的兄弟会组织。工会以主保圣人圣路加命名，因为据考证，路加曾为圣母马利亚绘制肖像。

阿尔勒，1888年7月29日

亲爱的贝尔纳：

万分感谢你的画，我非常喜欢那幅海边长着梧桐树的林荫大道，前景还有两个女人在和散步的人聊天。还有那幅在苹果树下的女子，以及那幅打着遮阳伞的女人，然后还有4幅裸体女人的画，尤其是那个正在洗衣服的女人，用黑、白、黄、棕装饰出了一种灰色的效果。太迷人了！

啊——伦勃朗，我大胆地假设，对波德莱尔的全部赞美都是对于他的诗……他对伦勃朗的了解并不多。我最近发现了一幅伦勃朗的铜版画，并且买下了它，那是一幅男性裸体像，构图写实而简单。男子倚靠着大门或者柱子，站在一间黑暗的房间里，房间上方掠进一束光，打在他低垂的面容和浓密的红色鬈发上。

他的躯干相当真实、有力，几乎让我想到窦加①。

但是，你是不是已经仔细研究过卢浮宫的《牛》，或者被称作《被屠宰的牛》这幅画了？你没有仔细观察过它们，波德莱尔也几乎没那么做。

　　我会很乐意与你在荷兰画廊里共度一个早晨。所有这些真是难以用语言来形容。倘若站在原作面前，我就能让你注意到这些耀眼又精彩的作品。在我心中，站在这些画旁，原初主义的画作就屈居第二了，而且随后在我的构图中就会出现一些古怪张力！

　　但是，我距离古怪还很远。希腊雕像、米勒笔下的农夫、荷兰肖像画、库尔贝或窦加笔下的裸女——与这些作品中完美展现出的静谧、细腻相比，原始主义画作和日本浮世绘就像是文字和图画，在我看来……就像是用钢笔写字一样[②]。这真的非常吸引我，彻底的艺术作品和完美的创作能让我们产生无尽的想象，享受绝美带给我们的不朽感受。

　　举个例子，你听说过弗美尔[③]这位画家吗？他画过一幅既美丽又独特的荷兰孕妇像[④]。这位奇特的画家用色广泛，从蓝色、柠檬黄、珍珠灰、黑色到白色。真是这样的，你能在几幅画中发现他把调色盘上的颜色都用上了，但他同时还用了柠檬黄、浅蓝和浅灰，这才是他的特色，如同委拉斯开兹将黑、白、灰和粉红色调和到一起一样。

　　不管怎样，你知道，荷兰画家的作品都散落在世界各地的博物馆和藏家手中，让人很难构建出什么具体的想法，如果只认识卢浮宫里的这几幅，就更难有什么想法了。

　　然而，这些法国人，查尔斯·勃朗、索雷-伯格、弗罗芒坦，还有一些人，在这门艺术上，他们比荷兰人写得更好。

那些荷兰画家们几乎没什么想象力，但是有精准的构图思维和出奇的品味。在荷兰人中，只有伦勃朗画基督和圣人！真的是这样（但是即便是在他的这类画作中，也很少见纯粹的圣经题材）。

伦勃朗是唯一绘制基督画像的荷兰画家，但是他画得不像其他类型的宗教画，反而更像是形而上的魔法。

所以，伦勃朗是这样画天使的：他先是按照自己的肖像画出一个老人，没有牙齿，有皱纹，头上戴着棉帽⑤——他先是通过看镜子里的自己，自然而然地画出第一笔；接着不断幻想，然后动手画出自己的肖像，但这时是想象，表情也就随之变得更忧虑、更悲痛。他幻想着，幻想着，我不清楚这是怎么发生的，但就像苏格拉底和默罕默德都有各自的守护神一样，伦勃朗，在头发灰白、容貌也不像他自己的圣人背后，他画出了一位脸上带着一抹达·芬奇式微笑般的天使⑥。

在宣称荷兰画家的特色就是缺乏创造力和想象力之后，我却向你展示了一个靠自己的想象去幻想和创作的荷兰艺术家。

是我逻辑混乱吗？不是！伦勃朗并没有凭空捏造什么，他真切了解，也切实感受到他的天使，还有那些奇特的圣人。

德拉克洛瓦出人意料地运用亮柠檬黄色调，在画布上画出了基督⑦。这样鲜明的色调让画面带有一种难以言喻的奇异感和魅力，就像暗夜天空中的一颗孤星。

伦勃朗运用明度的手法与德拉克洛瓦运用色彩的方式相似，但两人在处理手法上则令其他宗教画作者难以望其项背。

我会很快再给你写信。这是为了感谢你的画，给了我极大的乐趣。我刚刚画完一幅12岁小女孩儿的肖像画（图024）。她长着一双棕色的眼睛、黑色的头发和眉毛、橄榄色的肌肤，站在带有浓重的祖母绿色调的白色背景前，身穿一件带有紫罗兰色竖状条纹的血红色夹克和一条蓝底橘色大圆点的长裙，优雅的小手指间还夹着一株夹竹桃花。

画这幅画已经让我筋疲力尽，只能写到这了。会很快再写信的，非常感谢。

敬启

文森特

【注释】

①窦加（*Edgar Degas*，1834—1917），法国印象派画家、雕塑家。

②凡·高认为这是一种理想，把绘画作为一种自然的表达方式，就像写作对他来说一样。

③弗美尔（*Johannes Vermeer*，1632—1675），荷兰"黄金时代"画家。

④弗美尔《读信的蓝衣女子》（*The Womanin Blue Reading letter*）。

⑤伦勃朗《自画像》（*Self-portraitas Zeuxis*）。

⑥伦勃朗《圣马太》（*The Evangelist MatthewIn spiredbyan Angel*）。

⑦德拉克洛瓦《基督渡海》（*Christasleep During the Tempest*）。

阿尔勒，1888年9月9日

亲爱的提奥：

我刚刚寄了一幅新的草稿《夜晚的咖啡馆》（图025），还有我之前画的一些。我可能会完成一些日本版画的创作。

我昨天还在忙着装修房子，就像邮递员①和他的妻子告诉我的那样，如果想要两张床都做得很结实的话，每张床都要花费150法郎。我发现他们所说的任何东西的价格都是正确的，所以我不得不改变材质。这就是我所做的事：我买了一张胡桃木的床，另外一张还没买回来的床是我的，我晚些时候会给它上漆。

我还为其中一张床买了床上用品和两个床垫。如果高更或者其他人过来，你就住在这里，他的床在一分钟之内就能准备好。最开始的时候，我就想着把房子整理好，这不单是为我自己做安排，还要能够接待别人。

自然而然地，它花掉了我一大笔钱。

剩下的钱，我还买了12把椅子、1面镜子以及一些小件的必需品。简而言之，这所有的一切都意味着，下个星期我就可以搬到那里住了。

为了能够招待前来拜访的客人，楼上会有一个最漂亮的房间，我尽量试着把它布置得比较有艺术感觉，就像女士的闺房。然后就是我自己的卧室了，我想让它尽可能地简单，但是要足够宽敞，而且有大的、结实的家具。

床、椅子和桌子都已经买了。楼下是画室和另外一个房间，那也是一个画室，但同时也是厨房。

有一天，你会看到一幅这个小房子的画，在明亮的阳光的照耀下，或者窗户里亮着灯和窗外的星空。（图026）

从今以后，你就能感觉到在阿尔勒的乡下，你也有了自己的房子。因为我非常想要安排好这一切，那样你就会很开心，而且它将是一个很有风格的画室，绝对是这样。

如果说此后的一年里，你来到这里和马赛度假，那时这里一切就都已准备好了——到时我的设想是，这个房子从底部到顶部都会挂满了画。

如果高更来了，那时你所住的那个房间或者高更住的那个房间，它的白色墙壁上面会挂着大幅的黄色向日葵装饰画。

早上一打开窗户，你就可以看到花园里的绿植、初升的太阳以及去小镇的路。

并且你会看到这些12朵或者14朵向日葵的大幅画作挤满了小小的闺房（图027）。房间里的床也非常漂亮，所有的一切都非常精致优雅。这不再是寻常之地。

画室地面的地板砖是红色的，墙和天花板都是白色的，还有质朴的桌椅。我还希望有人物画来做装饰。我觉得杜米埃的作品就非常好，我敢预言它会非常特别。

现在我想让你为画室寻找一些杜米埃的平版印刷画以及一些日本版画，但是这一切都不用太着急，等到你发现它们的复印品的时候再弄不迟。

我还想要一些德拉克洛瓦的作品，以及现代派画家的普通的平版印刷画。

这些事情都不用太着急，但是我有自己的计划。我真的想这么做——想把它做成真正的艺术之家，不用多刻意，相反，也没有什么好刻意的，从椅子到绘画的一切东西都有它自己的特点。

因此，我买了他们这里有的那种非常宽的大双人床，而不是铁框架床。它给人一种坚固、持久且安静的感觉，如果它作为一张床还需要非常多的床上用品，那就太糟糕了，但它一定要有自己的特点。

最为幸运的是，我有一个非常忠诚的女佣，否则我就不敢开始在这里的生活。她年纪很大了，并且有许多子女，她把我的地板砖保持得鲜亮和干净。

我无法告诉你，以这样的方式工作，我有多高兴。因为我希望我在这里所做的一切会被证明是极好的。

所以，正如我已经告诉你的，我要画自己的床，那会有三个主题。也许是裸体的女人，我还没决定，也许是一个摇篮中的孩子，我不知道，但是我会慢慢来。现在待在这里我不能有任何的犹豫，因为各种丰富的思想正向我涌来。

我决定每个月都为这个房子买一些东西。拥有足够的耐心，我的房子就会因为家具和装饰而变得有价值。

我必须提醒你，很快我就要寄给你这个秋天所需绘画材料的一大笔订单，我相信这会让人非常吃惊。考虑到这一点，我决定把订单连同信一并寄给你。

在我的《夜晚的咖啡馆》中，我想表达的思想是，咖啡馆是一个可以摧毁人、让人变得疯狂或罪恶的地方。总之，我试着用精致的血红色和酒红色，用柔和的路易斯15号绿和带有黄绿与粗糙蓝绿的维罗纳绿与温和的粉色进行对比，所有这些都是为了营造出地狱般的带有硫黄味道的氛围，来表现一个来自公共小酒馆中黑暗角落的力量。

然而还要向外展示出日本人的欢乐和鞑靼人的善良天性。

但是，特斯提格先生会对这幅作品作何评价呢？当他面对西斯利②的时候——请注意，西斯利是印象派画家中最谦逊最敏感的一位——他会说："我不禁会想，画这幅画的画家有点儿喝醉了。"他看到我的作品时会说，这是一个喝醉酒的疯子才会画出的作品。

我发现完全找不到任何的理由来反对你所说的，即要在独立大街办展，也就是说，我不认为这与经常在那里办展览的人有什么不同。

除了那些，我们必须要告诉他们，在第一场展览之后，我还需要为我自己做第二次展览，它们都是习作。

然后明年当这一切都完全弄好的时候，我会向他们展示我房子的总体装饰效果。这并非我一意坚持，而是要使习作不与艺术作品相混淆，还要事先说明，第一次展览只是一次尝试。

因为在绘画创作的过程中，还几乎没有比这更重要的了。至于《播种者》和《夜晚的咖啡馆》，它们只是对已完成作品的尝试。

正如我在信中向你所写的那样，那个与我们的父亲有些相似的滑稽的农民碰巧也来到了咖啡厅。

这种相似是惊人的，都是一样的。尤其是变得模糊的轮廓、无处不在的疲倦与不太清晰的嘴形。对我来说，我仍然感到很遗憾没有能力把他画出来。

在这封信中我放了绘画材料的订单，这并不是很紧迫。只是我头脑中有太多的计划，然后我也承诺过这个秋天要有一些极好的作品。所以我现在还不知道要从5张画布还是10张画布开始。

这些会与那些春天里开花的果园有些相似，在主题上是无穷的。如果你把这些粗制的颜料委托给唐吉③，他也许会做得很好。

他其他一些颜料的质量真的很差，特别是蓝色。

我希望下一批颜料在质量上会有所提升。

我自己做的颜料比较少，而且时间还很长。我这周还剩下50法郎，也就是说250法郎已经用来装修了。但无论怎样，我会重新把它们挣回来。从今天开始，你可以告诉自己，你在乡村有了自己的房子，只不过它有点儿远。但如果我们要在马赛有固定的展览，它也就显得没那么远了。也许一年之内我们就能看到这些。

敬启

文森特

【注释】

①指约瑟夫·鲁兰（*Joseph Etienne Roulin*，1841—1903），阿尔勒和马赛的邮递员。他是凡·高搬到阿尔勒后结识的好友兼酒友。凡·高在很多场合把鲁兰比作苏格拉底。虽然鲁兰不是最有魅力的人，但凡·高发现他是"一个善良的灵魂，如此睿智，如此充满感情，如此信任"。凡·高当时没有钱请模特儿，所以就画了很多鲁兰

一家人（鲁兰夫妇和他们的三个孩子）的肖像。这一系列也是凡·高画作中最容易辨认的作品。

②西斯利（*Alfred Sisley*，1839—1899），法国印象派风景画家。

③唐吉（*Julien François Tanguy*，1825—1894），是巴黎一个卖艺术品的油漆工，同时也是一位艺术品经销商，他是第一批出售凡·高画作的人之一。

阿尔勒，1888年9月18日

亲爱的提奥：

我今天早上已经给你写信了，然后继续画那幅《阳光下的花园》。之后我把它带回来——再次又拿出一张空白画布出去，它也已经完成了。现在我想再给你写信。

因为我从来没有过这样的好运气。这里的自然环境都特别漂亮。天空呈现出一种奇妙的蓝，太阳发出一种淡淡的、硫黄色的光芒，非常的柔和而且迷人，蓝色与黄色可爱地结合在一起，一如弗美尔画作中的风景那样。我无法完美地画出这种美丽，但它实在太吸引我了，以致我不再想遵守任何单一的规则，而是尽情地去发挥。

以房子对面的花园为主题的绘画有三幅（图028），然后有两幅画咖啡厅的作品，然后就是向日葵了，还有伯奇①和我自己的肖像画（图029）（图030）。我还画了火红烈日下的工厂以及卸沙子的工人们和老磨坊（图032）（图033）。把其他习作放在一边，你可以看到我现在已经完成了一些艰苦的工作。

但是我的颜料、画布还有钱今天就要用尽了。我的最后一幅画是在最后一张画布上用最后一管颜料画成的，我画的是绿色的花园，可是那些绿色的线条并不是用真正的绿色来画的，是用普鲁士蓝和铬黄调和而成。我开始感觉到我已经和来这里时完全不同了，在对事情的处理上，我不再有怀疑，没有犹豫，并且这种感觉还可能会进一步增加。

但是这乡村真是太美了！我现在所在的公共花园，距那些善良的女孩儿们所在的街道非常近，莫瑞尔就很少经过那边，即使我们过去几乎每天都在这些公园里散步，只不过是去花园的另一侧。但是你要明白，正是因此我才不知道原来这里是以薄伽丘命名的。花园的这一边也是如此，出于同样纯洁且具有道德感的原因，也没有任何像夹竹桃那样的灌木丛。这里只有一些普通的梧桐树、坚硬的松树、低垂的树和青草，但却让人感觉非常亲近！莫奈就有这样的花园。

只要你能承担起我画布和颜料的必需费用，以及我的开销，那就继续寄给我吧。因为我正在构思的作品要比上一批画更好，请相信我们很快就可以从中获得收益而不是损失。这正是我现在尝试着做的事情。

但是让托马斯②为我的习作而借给我两三百法郎是不可能的，是吗？那就意味着我得从他们那里赚到上千法郎的收益，我无法告诉你所需材料的数量，因为我对我看到的一切都是那么的激动。

这满足了你对于秋天的期待和热情，意味着你会在不知不觉中感受着时间的流逝。留心之后的早晨，留心冬天的来临。

今天，在我作画的时候，我想了许多关于贝尔纳的事。他的信中满是对高更的天赋的崇敬——他认为高更是如此伟大的一个画家，以至让他有点害怕高更，他发现和高更相比，他自己做的一切都显得微不足道。你知道，去年冬天贝尔纳还尝试在和高更争论一番。总之，让人感到欣慰的是，无论发生什么事，这些画家都是我们的朋友，我也愿意并且相信，一直都会是这样。

能拥有这所房子和这些作品让我感到非常幸运，我甚至可以认为，这种喜悦不会单独降临，你要去分享它们，也祝你好运。不久前，我读了一篇关于但丁、彼特拉克③、薄伽丘、乔托和波提切利的文章。上帝啊，读这些人之间的信件让我印象深刻。彼特拉克住在距离这里非常近的阿维尼翁④，我看到了同样的柏树和夹竹桃。

我尝试着在其中一个花园里画上这些东西，运用厚涂法，选用柠檬黄和石灰绿。乔托最打动我的地方就是他所遭遇的苦痛，以及他的仁慈和满怀热情，就好像他生活在一个不同于我们的另一个世界。

无论如何，乔托是与众不同的，相对于但丁、彼特拉克和薄伽丘，我对他的理解更多。对我来说，诗歌比绘画更可怕，尽管绘画更卑劣、更可恶。毕竟，画家什么都没说，他们总是保持安静，我很喜欢这一点。

我亲爱的提奥，当你看到这里的柏树、夹竹桃和太阳时——那一天就会来了，放心吧——你会认为这甚至比皮埃尔·德·夏凡纳的作品《乐土》以及其他作品还要漂亮。

在这个奇怪的地区仍然有许多让人难懂的事情。这里的人们有你所熟悉的口音，但听起来很像希腊语。这是阿尔勒的维纳斯，和莱斯博斯岛上的一样，除此之外，人们还可以感觉到年轻。

我坚信，总有一天你会知道南方。

当克劳德·莫奈在昂蒂布⑤时，你也许会去拜访他，或者不管怎样，你都会发现一些时机。

当冷风吹起的时候，这里的气候就不再那么宜人了，因为冷风会让人的神经紧张。但在风和日丽的日子，那将是多么大的补偿啊。这里色彩鲜明，空气清新，宁静且充满活力。

啊——《独立报》⑥的展览真好——但我们的烟民实在太多了，不可能让他们把雪茄塞进嘴里。

我们将不得不尝试出售，以便能再画更好的作品。我们的行业真的很糟糕——明天颜料到来之后我就开始作画，但是我下定决心不再画木炭画，因为它没有任何作用，如果你想画得好，还是需要用色彩来处理作品。

今天下午我精心挑选了一些观众……有四五个皮条客和12个孩子，他们觉得看着这些颜色从管子里出来特别有意思。嗯，好吧，同样的观众——那意味着名声，或者更确切地说，我坚决要蔑视野心和名声，就像这些孩子和来自罗纳河沿岸和阿尔勒街尽头的无业游民一样。

我今天在米勒那里。他打算明天过来，在这里待上4天。

我希望贝尔纳能在非洲服兵役，因为他在那里会干得不错，可我仍然不知道该向他说些什么。他说他想要用他的肖像画换我的一幅习作。

但是他说他不敢做高更，就像我要求他做的那样，因为他在高更面前很羞涩。贝尔纳真是个喜怒无常的人！他有时会很疯狂而且刻薄，但我无权责怪他，因为我自己也经常神经紊乱，我知道他也不会责备我。

如果他去非洲看望米勒，米勒也必然会很照顾他，因为米勒是一个非常忠实的朋友，所以他会很轻易地表达爱以至轻视爱。

修拉⑦正在做什么呢？我不敢向他展示我寄给你的习作，但那些向日葵、小酒馆和花园的画作，我并不介意被他看到。我经常想到他所使用的方法，尽管我并没有沿袭它，但他开创了色彩画作，西涅克也是，虽然是在不同的程度上。点彩派⑧画家发现了一些新的东西，我还是很喜欢它们。但就我而言——坦白说，在回来巴黎之前，我想要尝试着做一些我想要做的事，我不知道在我之前是否有人提出过暗色。但是德拉克洛瓦和蒙蒂切利无疑做到了，虽然他们并没有谈论过这个。

但是，我又再次回到了在尼厄嫩时的状态，当我徒劳着尝试学习音乐时——即使在那时候——我就很敏锐地注意到了色彩和瓦格纳的音乐之间的联系。的确，我在印象派中看到了尤金·德拉克洛瓦作品的复兴，但是由于在解释上既有分歧又互不相容，因此，印象派还没有形成统一的学说，基于此，我和印象派画家待在一起，因为这意味着什么都没有，什么也不用去承诺。作为其中的一员，我不用阐述任何观点。

上帝呀，在生活中你必须扮演愚人，我只要求给予我时间学习，而你，除此之外你还有别的要求吗？但是我知道，你必须像我一样，渴望和平与宁静，并以开放的心态去学习。

我恐怕因为我所需要的钱会夺去你目前的平静。

然而，我已经认真地做了预算，事实上我今天需要10米长的画布，需要所有的颜料，除了最基础的黄色。如果所有的颜料都同时用尽，这不就证明了我在睡觉的时候还能够知道它们的相对比例吗？这就是绘画的方式，我几乎不去测量，这一点和科蒙⑧不同。他说如果不去精心测量的话，他就会像猪一样画画。

我仍然认为你买了很多的拉伸架是很有必要的，因为它们必须要有一定数量才能让画布彻底干燥，这样才能得以保存，我自己也有很多。但是你一定要毫不犹豫地把它们从伸展的框架上拿下来，这样一切都不会占用太多空间。

在这里，买30号、25号、20号拉伸架需要付1.5法郎，如果我买木匠做的，那么15号、12号、10号拉伸架要付1法郎。

由于这里的木工活儿很贵，如果他以这个价格计算的话，唐吉也可以提供这类服务。我想花5法郎买一个轻胡桃木的拉伸架，30号的，方形的，我想我会买的。不要重橡木的，另外画布要10号的，也需要5法郎。

我还要订5号的。新画布的30个拉伸架已经做好了，我还需要再收集一些。这些都将向你证明，在这段时间我不能没有钱。

让我们感到欣慰的是，我们专注于处理原材料，并非投机，但也只是尝试着少量生产，这样我们就不会出错。

我希望我们可以继续这样下去，如果我注定要用尽我的颜料、画布和钱，你知道，这还不能摧毁我们。可是如果因此而用尽你自己的钱和一切东西，那就很严重了。当然，你只需要冷静地对我说：什么都没有了，只还剩下我用你的钱所画的画。

但是——你会很自然地和我说——同时呢？与此同时，我会画些素描，因为只有素描比油画简单。

真诚致敬。这些天过的是什么日子啊，不是因为这些天发生了什么，而是我强烈地感受到你和我都没有颓废，永远不会。

但是你知道，我并不会与那些说我的作品没有完成的批评者发生争执。信写完了。

此致

敬启

文森特

【注释】

① 伯奇（*Eugène Guillaume Boch*，1855—1941），比利时画家。

② 托马斯（*Jean Joseph Thomas*，1814—1898），巴黎艺术品和材

料商人。

③彼特拉克（Petrarch，1304—1374），意大利文艺复兴时期学者、诗人，最早的人文主义者之一。

④阿维尼翁（Avignon），法国东南部城市。

⑤昂蒂布（Antibes），位于法国东南角地中海沿岸，是法国普罗旺斯地区的一个镇。昂蒂布老城拥有着2600年的历史，曾吸引了如毕加索、莫奈等艺术大师前来旅居创作。

⑥《独立报》（Revue Indépendante），法国象征主义杂志，1841年创立。提奥曾建议凡·高在《独立报》上展出自己的作品。

⑦修拉（Georges-Pierre Seurat，1859—1891），法国后印象派画家。

⑧点彩派（Pointillism），又称新印象派，是继印象派之后在法国出现的美术流派。

⑨科蒙（Fernand Cormon，1845—1924），法国画家。

阿尔勒，1888年9月19日、25日

亲爱的贝尔纳：

　　谢谢你的来信，但让我有点惊讶的是，你竟然在信中说"啊，要画高更的肖像——这简直是天方夜谭"。为什么不行呢？简直胡说八道！但我不会强迫你，至于这次交换的事，我们也不用再谈了①。难道高更就没想过要画你的肖像？我得说，你俩真是一对搞笑的画家！你们两个整天在一块儿，却不愿意当彼此的模特儿。你们到最后会在还没画到对方就分开了。算了！我不再催你了。我再说一遍，现在我们不用做什么交换了。

　　我真的希望哪一天能画你和高更的肖像，等大家聚到一块儿的时候，我就动笔画，我相信这一定能实现。

　　总有一天，我要为佐阿夫兵中尉②画一幅肖像。我之前跟你谈到过他，他现在正要去非洲。

　　你为什么还不回答我关于你服兵役的计划？

　　现在让我们来谈谈你所说的，你打算在阿尔勒过冬。我

特意留在这里，以便在必要时能安排人进去。可是如果高更来了，不管怎样，他没有明确表示他不会来。不过，即便我把你安顿好，我觉得你在这儿一日三餐想吃饱至少也得3法郎。因为我都要4法郎。当然，如果破产了，我们可以在画室里做很多便宜的饭菜，也便于保存。尽管如此，我还是要告诉你，住在这儿比住在华盛顿要贵一些，我相信你是在那儿付款，对吗？一天只要2.5法郎，这就是一切费用，包括住宿。

那么最吸引你的东西是什么呢？在妓院的那些画？那确实很棒。能在这里免费完成吗？等你穿上军装再说吧。在任何地方，士兵们都可以在里面免费做很多事情。打个比方，我刚刚画了一幅《夜晚的咖啡馆》，但这是受人之托，有时你会看到一个妓女和她的同伴坐在一起——我说，我自己还没有做过一个关于妓院的习作，正因为它会花掉我更多的钱，所以我必须做得相当不错和谨慎才行。从预算角度考虑，我必须有充足的把握才能开始，才能保证很好地完成这幅画。现在，可以了。我们会在那里喝上几杯酒，结交些朋友，完成这幅画一半需要通过模特儿，一半需要靠想象力。倘若我们想做，也并非不可能。但就我个人来说，我现在并不着急。不过，通常最周密的计划和盘算最终都会落空，除非我们善于利用机会，日复一日地作画，才有可能完成许多惊世之作。

因此，我决不鼓励你带着明确的目的来到这里，显然，你做过这方面的习作。我重复一遍，一旦你成为军人，你就会有一个极好的机会。为了自己的利益，你最好等入伍了以后再说。

然而，我亲爱的老贝尔纳，我要非常明确地告诉你，一定要想办法到非洲待上一段时间。你会对南方深深着迷，因为那里会让你成为一位伟大的画家。你看，就连高更自己也是因为去了南方才使得他的天赋得以施展。关于南方的艳阳，我已经观察了好几个月。最终得出的结论就是，从色彩的角度来看，我认为德拉克洛瓦和蒙蒂塞利之所以被误认为是纯粹的浪漫主义者而且有着非凡的想象力，是有充分理由的。但不管怎样，你瞧，由杰罗姆③和弗罗芒坦所描绘的南方，从本质上来说已经是一个地方，它的魅力只能通过善于运用色彩的画家笔下的色彩来诠释。我希望你很快再给我写信。我不敢鼓励任何人到这里来，如果有人自愿来，那是他的事，但我决不会建议别人这么去做。我自己住在这里，如果你能在这里过冬，我自然会非常高兴。

敬启

文森特

我弟弟目前正在策划莫奈的画展，将展出他于2月到5月间，在昂蒂布创作的10幅作品。看起来当地必定美得超凡脱俗。你读过马丁·路德的传记吗？要想了解老克拉纳赫④、霍尔拜因和丢勒，就必须读这本传记。路德其人和他强大的性格，是文艺复兴时代的亮点。

如果我们刚好有机会一起到卢浮宫，我会很乐意和你一起欣赏原始主义的画作。我在卢浮宫最喜欢的自然是荷兰画派的作品，尤其是我过去研究比较多的伦勃朗，其次是波特。他画出一匹白马，头顶上的天空灰暗一片、乌云密布。这匹马就这样孤零零、哀伤地站在一片湿润草原的无垠淡绿之间⑤。在这些荷兰画家的作品当中，都能看到这些无与伦比的精妙之处。

【注释】

①贝尔纳在之前写给凡·高的信中，曾提出希望与他交换习作。

②指之前信中提到的跟凡·高学画的佐阿夫兵少尉米勒（*Paul-Eugène Milliet*，1863—1943）。

③杰罗姆（*Jean-Léon Gérôme*，1824—1904），法国学院派风格画家、雕刻家。

④老克拉纳赫（*Lucas Cranach*，1472—1553），德国画家。他画过许多马丁·路德的肖像，成功地描绘这位宗教改革领袖坚毅顽强的气质。

⑤波特《花斑马》（*The Piedbald Horse*）。

阿尔勒，1888年10月3日

亲爱的贝尔纳：

这一次，你应该对你信中那两幅《布列塔尼妇女》的小幅草稿给予比其他另外6幅更高的评价，因为这两幅草稿的风格更好。就素描稿来说，我自己有一点落后了。为了感谢你寄来的这些画作，我应该寄给你一些素描稿。可是在这段风和日丽的日子里，我忙着创作几幅30号的油画，非常疲惫，我计划用它们来装饰房子。

你会收到我的信，信中向你解释了你为什么要劝说你父亲给你更多自由，如果你的父亲为你支付来阿尔勒的车费，你就会在经济上有更多自由。我相信你会努力工作来回报他，这样你也能跟高更共处得更久。然后当你离开去服兵役的时候，你也会去参加一个非常不错的艺术活动。如果你父亲有个能在马路上、石头缝里发现黄金的儿子，那他肯定看不上你这种能力。可是我觉得，你的这种天赋与那种能找到黄金的能力是等价的。

你父亲或许会感叹，你找到的不是什么金光闪闪的、崭新的黄金，也不是已经被铸成的金币，但他还是会收集你的画作，拿去卖个好价钱。那么，让他去处理你的画作和素描，因为在市场上，你的这些画作就像宝石或贵金属一样珍贵。这是毋庸置疑的——因为绘画创作和淘金寻宝一样辛苦。

现如今，全世界都知道黄金和珠宝的价值，可惜只有极少数人才相信创作或绘画也有那样的价值。然而，这样的人确实存在。无论如何，只需要耐心等待属于我们的时机，哪怕需要等很久。至于你，想想我跟你说的关于在这边的生活成本的事情，如果你非常希望能与我还有高更一起去阿尔勒，就一定要告诉你父亲，只要多赚点钱，你就能画出更好的作品。

对于成立像共进会这样的艺术家合作组织的想法，我兴趣不大，我鄙视任何规则和体系。简言之，我所寻求的与信条截然不同，因为它们远不能解决问题，只会引发永无休止的争吵。

这就是颓废衰败的征兆。现在，到目前为止，这类画家组织只停留在模糊的提案阶段，我们可以暂时维持原来的状态。

如果这类组织能把所有共识具体化就更好了，纸上谈论得越多，切实实践得越少。如果你想亲身参与其中，那么就继续和我还有高更在一起创作就好。既然现在这件事情已经进入实质性阶段，那就别再废话了；如果事情终将发生，那就让它通过冷静而深思熟虑的行动，自然而然地圆满完成。

至于交流，正因为我经常在你写给拉瓦尔、莫雷和其他年轻人①的信中看到，我很想了解他们。但是，我正要寄给你5幅画，其中至少包括两幅比较重要的草稿——一幅是我的自画像②，另一幅是顶着肆虐北风完成的风景画。

除此之外，还有一幅五彩缤纷的小花园作品③、一幅描绘村庄景象的小型风景画，以及一幅期待已久的、画农夫的鞋的煤灰色调静物画（图031），一幅没什么内容但空间广阔的景观画④。

这些画作暂时还没得到过什么评价，我们的几位朋友对此都没什么共鸣，所以请务必留下你所喜欢的，然后把其余的连同你要用来交换我的画的作品寄回来就行。这件事不着急，如果是以物易物，那么双方都应该尽力拿出好的作品。

如果明天早上画已经干到可以在阳光下卷起来，我会再给你寄一幅工人在卸砂石的画作⑤，还有一幅下笔很慎重、意图也更为成熟的画。

我还不能再寄一份《夜晚的咖啡馆》的复制品，因为还没开始画呢，但是我很乐意为你画一幅。再说一次，双方都应该试着用好东西来交换，不要操之过急。

我在你上一封信中看到的那位深耕艺术、并且长得有点像我——画的是我还是别人——的绅士肖像最近怎么样了？

仅从面容来看，他和我很像，但是首先我一直是抽烟斗，其次，因为会眩晕的缘故，我不太敢坐在陡峭的峭壁上俯瞰大海。基于此，如果这画的是我，那么我要否定我前面说的其他相似之处。

布置房子真是累死我了，我希望并且相信，即便和你的风格大相径庭，这个房子布置完后看起来也会很合你的品位。这让我想起很久之前，你向我提及一些分别画花卉、树木、田野的作品。

我现在也画了《诗人和花园》（两幅油画，从草稿中你有了第一个想法，然后在我弟弟的小书房里完成）。

还有《星夜》（图034）《葡萄园》《犁田》，以及《屋外景色》——也可以叫作《街上》。正如你所见，我没有刻意画这些画，但是这些作品自然而然地就彼此呼应、联结，产生了某种特定的序列。

我非常期待看到你关于阿旺桥的速写，但你一定要寄来一些更完美的画作。不管怎样，你总是能用最适当的方式来完成画作，我很欣赏你的才华，所以很希望在将来能有机会收藏到你的少量作品。

很长一段时间以来，日本画家们时常互相交换作品的行为很让我感动。这样做的确能表现出他们惺惺相惜、团结共处，也能看出他们彼此情同手足、不互相伤害。这是一种自然的交流，而并非有什么阴谋。我们在这方面越向他们看齐，就越可能成功。这些日本艺术家的生活似乎也很辛苦，收入不多。我有一幅日本画作的复制品，画面上只有一片草叶。有机会我应该拿给你看看。

　　敬启

文森特

【注释】

①拉瓦尔（*Charles Laval*，1862—1894），法国画家。莫雷（*Henry Moret*，1856—1913），法国印象派画家。信中说的"年轻人"指坎迈尔德（*Henri Ernest Ponthierde Chamaillard*，1862—1931），法国画家。1888年6月，他在阿旺桥遇到了高更，接受了高更的印象派风格，加入包括拉瓦尔、贝尔纳、莫雷的行列。

②凡·高《自画像》（*The Self-portrait*）。

③凡·高《花园》（*The Garden*）。

④信中凡·高表述得并不清楚，很可能是一块有农舍的土地或者路边风景。但是从来往信件中推测，这幅画最终并没有寄给贝尔纳。

⑤凡·高《卸沙工码头》（*Quay with Men Unloading Sand Barges*）。

阿尔勒，1888年10月5日

亲爱的老朋友贝尔纳：

正在我完成绘画的时候，你和高更的包裹同时寄达。我欣喜若狂，再次看到你们两人的画作[①]让我的心感到很温暖。你知道，我非常喜欢你的画像，实际上，如你所知，你做的每件事我都很喜欢——或许在我之前，没有人像我这样喜欢你的作品吧。

我真的强烈要求你画一幅特别的肖像画，尽可能地多尝试，不要放弃——我们将来一定能靠肖像画来征服大众——在我看来，未来近在眼前了。但是我们不要只是纸上谈兵，因为我要感谢你为我画的妓院场景的素描稿。

真是太棒了！那个洗身体的女人仿佛在说："说到对付男人，没有人比得上我。"其他人都在扮鬼脸——最重要的是，他们太模糊，肉和骨头画得不充分。

但是那无关紧要，其他作品也都很新奇有趣。去妓院——对，那就是我们要做的事，我非常羡慕你有这样的好机会，你必须要穿军装进去，那些女人就喜欢你这样的。你来信中写的那首诗的结尾真美，它比某些肖像画的立场更坚定。关于你的所思、所想、所说，你都表达得很好，很能引起共鸣。

你什么时候去巴黎的时候告诉我——我已经跟你说了一千遍了，我的《夜晚的咖啡屋》不是妓院场景，这是一个能让那些没钱住宿或因醉酒而不被旅店接收的"夜行客"都能过夜的咖啡馆，他们可以趴在桌子上，整晚不用离开。偶尔会有妓女把她的同伴带到那里。但是，有一天晚上，我到了那里，看到一群皮条客和一个妓女吵架，刚刚和好。那个妓女假装很冷漠、傲慢，而那个男人很温柔。我开始在记忆中为你画它——在一个4号或者6号的小幅画布上。如果你很快就要走了，我会在巴黎寄给你；如果你要留下来，请告诉我，我会把它寄给你。这幅画还没有完全晾干，还不能邮寄。

但是我不太想做这样的尝试，因为我从不凭记忆画画——那里面会有色彩，很适合你，但我重申，我只是为了你才做了这样一幅画，我其实并不想这么做。我必须要无情地毁掉那幅描绘基督与天使在客西马尼园②的那幅大型油画，还有另一张表现诗人站在星空下的作品。因为这两幅画虽然用色很棒，但我在一开始在草图上就没把模特儿画好——这很有必要，因为在这样的画里，必须要画好模特儿。

如果我寄给你的关于习作的心得不适合你，那就再多看看。

我自己有大量的工作要做，顶着恼人的米斯特拉尔风。好吧，尽管它并不像之前画老磨坊那样顺利，但它更雅致、更精巧。你瞧，或许我最近创作的这些画没有一点儿印象派的样子，可是我考虑不了那么多。我画我该画的，完全臣服于大自然之下，仅此而已。当然，你应该更喜欢这批画中的其他作品。如果有人想要的话，你就可以拿去并且抹掉我的赠言。但我相信，你只要再多看一段时间，你就会喜欢这幅画了。

如果拉瓦尔、莫雷和另外一个人③同意与我交流，那是再完美不过了，但是如果他们愿意为我画肖像，那我会特别高兴。

你知道的，贝尔纳，在我看来，如果我想做妓院题材，我需要的钱总是比我自己用得多。我并不年轻，也不适合让他们为我免费摆造型。我作画必须要有下笔对象才行。这不是说我只会写实不敢创新——通过色彩夸张、简化，而是我担心会失去形式的准确性。

或许在练习十年后，我会尝试不用模特儿。可是说老实话，我对可能与现实有着强烈的好奇心，以至于我既不希望、又没有勇气去追寻能从我的抽象画中出现的理想。

或许其他人更有画抽象画的天分——你肯定算一个，还有高更，也许有一天我老了也能跟你们一样。

但是，能让我得到滋养的还是大自然，我仍然生活在现实世界中。有时候，我的确会夸大或者改变主题，但我绝对不会凭空虚构出一整幅画作；反之，在现实世界中，我会找到身边真实存在的事物，然后画下来——我要做的无非就是把它从大自然中萃取出来。

但是你或许会发现这些作品很丑，我也不知道。无论怎样，你、我还有其他任何人都不应该勉强地进行交换。

我弟弟跟我说了安克坦返回巴黎的事。我很想知道他都做了些什么。当你看到他时，请代我问候他。

看着房间里挂着的你和高更的肖像画，这个房子就显得更有人情味了。

要是能在今年冬天看见你，我该是多么高兴啊！这一路走下来确实开销很大，但是，我们难道就不能冒险花点钱，然后靠画画来贴补吗？北方的冬天很难作画，也许这里也一样，对此我没什么经验，我得再等等看。

不过，你越是了解日本人，就越有必要去南方看看，那里的人常常在户外生活。

这里有很多地方都带着神秘的庄严和高贵气质，你一定会喜欢的。在红色的夕阳下——太阳应该被想象得更高，在这幅画之外，我们可以假设身处于画面的水平线上。这样，在太阳落山前的一小时或一个半小时，地球上的东西仍然可以保持它们的本色。在这之后，蓝色和紫色会让它们变得更黑，只要太阳光水平地射出去。

再次感谢你的包裹，它温暖了我的心，也温暖了我的思想。请留下你离开的具体日期，以便我知道你什么时候到巴黎。你在巴黎的地址是波吕伊大街5号，对吗？

敬启

文森特

【注释】

①这两幅画作分别是高更和贝尔纳的自画像，画中分别绘有对方的画像，即高更《自画像》（*The Self-portrait with portrait of Bernard*）和贝尔纳《自画像》（*The Self-portrait with portrait of Gauguin*）。

②客西马尼园（*Gethsemane*），是耶路撒冷的一个果园，耶稣被犹大出卖继而被捕的地方。根据《圣经·新约》和基督教传统，耶稣在上十字架的前夜，和他的门徒在最后的晚餐之后，前往这里祷告。

③指法国画家坎迈尔德。

阿尔勒，1888年10月5日

亲爱的提奥：

　　非常感谢你的来信，我真为高更感到高兴。我不会刻意找个话题来告诉你——让我们做个好心的人吧。

　　我刚刚收到两幅肖像。在贝尔纳的自画像里，高更的肖像挂在墙上；在高更自画像的背景中，则可以看见贝尔纳的肖像。

　　起初我只注意到高更的自画像，但是贝尔纳的画确实也非常吸引我。贝尔纳的画呈现的是画家的意识，只有一些概略的整体色调和几笔黑色线条，但别致的程度一如纯正的马奈。高更的画看似经过仔细研究，下笔也更加谨慎，正因为如此，才让人感觉到这幅画好像是画中人相貌的真实重现。

　　这就是他在信中所说的，这幅画中不见丝毫喜悦的迹象，也没有栩栩如生之感，但这些都可单纯地说是高更刻意为之，希望营造出某些阴郁的感觉，画中人物的皮肤在阴影下呈现出暗淡的蓝色调。我现在终于有机会拿自己的画和朋友们的作品作比较了。

我确信，我寄给高更作为交换用的作品就摆在他旁边。我曾经给他写回信，问他是否能在画中强化自己的个性，尝试着在自画像中不只是表现自己，而是一个印象派画家。因此，我将我这幅肖像想象成是一个僧侣，在伟大的佛陀面前敬拜。

当我把我和高更的概念相提并论时，我们俩的画就一样庄严，但又没那么绝望。在我眼中，高更的肖像画给人的第一眼感觉，似乎会让你说：他不能再这样下去了，必须振作起来，成为当年那个描绘黑人女子、精力充沛的高更。

我很开心能拥有这两幅肖像，这两幅画描绘出了我这几个朋友的样子——这模样不会永远如此，未来我们的生活都将更加安详、宁静。我十分清楚地意识到，我的职责就是要尽我所能去改善穷困的生活。

这对于绘画这个职业来说毫无价值。我觉得高更比我更像米勒，而我则是比他更接近迪亚兹，就像迪亚兹，我也会尝试去取悦大众，好让我们这群人能够赚点钱。我的开销比他们都大，但在看到他们的画作后，我也就不在意了。他们的创作环境太困窘，所以才画不出讨人喜欢的作品。

因为，等一下——我还有好东西没寄给你，这些画作会更畅销，而且我觉得我还能继续多画几幅，对此我很有信心。我相信某些人会喜欢诗意的题材——星空、葡萄树、犁沟、诗人的花园等。

那么，我相信我们俩有着共同的职责，就是追求相对恰当的财富，因为我们要养活一些非常优秀的艺术家。但是，如果你拥有高更的画作，你就会像桑西埃一样开心，我真诚希望他会去追求。这件事不着急，不过不管怎样，我想高更都会过来，把这里当作画室，甚至来当这里的负责人。让我们等上半年，看看会有什么进展。

贝尔纳又寄了一系列共十几张素描过来，上面写着一些华丽的诗句，那些是在妓院里写的。

你很快就会看到这些作品，不过有几张肖像我先看看，然后就会寄给你。

我希望你尽快给我寄信，因为我急需那些之前预订的拉伸架。

我很高兴听到你说的关于弗雷列①的话，但我相信，我会做一些让他更高兴的事，你也一样。

昨天我画了一幅日落（图035）。

在高更的肖像画中，他看起来像有些病态和痛苦！这不会持续太久，把这幅画与他半年后要画的这幅画作比较会很有趣。

哪天你也许会看到我寄给高更的那幅自画像，因为我希望高更把画留在身边。

这幅画在翡翠绿的背景前看起来色泽相当白灰，我穿的是滚着蓝边的棕色夹克，但我把棕色增强到近乎紫色，同时也加强了外套的蓝边。

在颜色清淡的背景映衬下，头部用厚涂法以淡色画就，几乎不见阴影。但眼睛画得有点歪，就像日本风格那样。请尽快给我写信，祝你好运。

　　向你致意，感谢弗雷列的到来，这让我很高兴。

　　敬启

文森特

【注释】

　　①弗雷列（*Armand-Auguste Fréret*，1830—1919），法国画家。

阿尔勒，1888年12月17/18日

亲爱的提奥：

　　昨天高更和我一起去蒙彼利埃①参观了那里的画廊，尤其是布鲁厄斯②的房间。那里有许多德拉克洛瓦、里卡、库尔贝、卡巴内尔、库图尔、维迪尔、丹瑟尔特和其他画家所画的布鲁厄斯的肖像画③。画廊里也有德拉克洛瓦、库尔贝、乔托、波特、波提切利、卢梭④的其他绘画，它们都非常好。

　　布鲁厄斯是画家的捐助者，这就是我要对你说的：在德拉克洛瓦的肖像画中，他是一个留有胡须、满头红发的绅士，与你和我有着惊人的相似，还让我想起了缪塞的那首诗："无论我在哪里停留，都有一个身穿黑衣的可怜人走到旁边坐下，像兄弟一样看着我们。"我相信你也会有同样的感觉。

　　你一定要去看看，在那家售卖古代和现代画家的平版画的商店里，能不能买到德拉克洛瓦的《狱中的塔索》——如果不太贵的话，因为我认为那里面的人物与这幅布鲁厄斯肖像画一定有些关联。

那里还有德拉克洛瓦的其他作品：《混血女人》（高更曾经模仿过）、《公寓里的阿尔及利亚妇女》、《狮穴中的丹尼尔》。库尔贝的作品有《乡村女孩》《纺纱女工》以及其他许多作品。

总之，你一定要知道这些收藏品的存在，或者至少也要知道有谁看过且能讨论它们，所以我不会说更多关于画廊的事情（除了布鲁厄斯的绘画和青铜器）。

关于德拉克洛瓦、伦勃朗等人的作品，高更和我讨论了许多。

争论太激烈了，有时候当讨论结束的时候，我们拖着疲惫的大脑，一如耗尽了能量的电池。

我们正处在奇迹之中，弗罗芒坦说得好：伦勃朗是魔术师，德拉克洛瓦是神的使者。

我写信给你，是为了向你介绍我的荷兰朋友德·哈恩与艾萨克森[5]，他们曾经追寻伦勃朗的画派并且非常热爱他，希望可以鼓励你继续研习。

谈到这些的时候，你就一定不会感到失望了。你知道伦勃朗在拉·卡兹[6]画廊中展出的一幅奇怪又极华丽的男子肖像画吗？我告诉高更，我从中看出了他与德拉克洛瓦或高更在家族或者种族上的相似之处。

我不知道为什么，但我总把这幅肖像画称作《旅行者》或《来自远方的人》。

这与我曾经与你说过的一个观点很类似，常看看老希克斯[7]

的肖像。你可以从《拿手套的男子》的肖像画中看到你的未来，还可以从伦勃朗的蚀刻版画《在窗前阅读的希克斯》中看到你的过去和现在。

这就是我们所处的阶段。

今天早上我问高更感觉如何时，他告诉我他感觉又和以前一样了，这让我非常开心。

至于我，在去年冬天我来这里的时候，我身心俱疲，在开始恢复以前，我的内心也遭受着一些痛苦。

我多么希望你将来能去蒙彼利埃的博物馆参观哪！那里有一些非常漂亮的藏品。

告诉德加，我和高更去蒙彼利埃看到了德拉克洛瓦创作的《布鲁厄斯的肖像》，因为我们必须大胆地相信它是什么。它就像你我一样，是一对新的兄弟。

至于和画家一起生活，这种奇怪的事情现在已经被理解了，我会和你经常所说的保持一致，时间会证明这一切。

你可以把这一切都告诉我们的朋友德·哈恩与艾萨克森，甚至可以大胆地向他们读这封信。如果我感觉到有必要，我会给他们写信。

我谨代表高更和我，向各位致以诚挚的敬意。

敬启

文森特

如果你认为我或者高更很能干，那我告诉你，创作并不总是一帆风顺的，对于我们荷兰的朋友来说，别像我们那样的面对困难灰心丧气，这就是我对他们的期望。

【注释】

①蒙彼利埃（*Montpellier*），法国南部城市。

②布鲁厄斯（*Alfred Bruyas*，1821—1876），法国艺术品收藏家，也是他那个时代包括库尔贝在内的许多重要艺术家的私人朋友。

③里卡（*Louis Gustave Ricard*，1823—1873），法国画家。库图尔（*Thomas Couture*，1815—1879），法国历史画家、教师。维迪尔（*Marcel-Antoine Verdier*，1817—1856），法国画家。丹瑟尔特（*Nicolas-François-Octave Tassaert*，1800—1874），法国画家。

④卢梭（*Étienne Pierre Théodore Rousseau*，1812—1867），法国巴比松派画家。

⑤德·哈恩（*MeijerIsaac de Haan*，1852—1895），荷兰画家。艾萨克森（*Joseph Jocab Isaäcson*，1859—1942），荷兰作家、画家。

⑥拉·卡兹（*Louis La Caze*，1798—1869），法国绘画收藏家。

⑦希克斯（*Jan Six*，1618—1700），荷兰"黄金时代"的重要文化人物。

圣雷米

1889.5—1890.5

圣雷米，1889年10月8日

亲爱的贝尔纳：

几天前我弟弟写信给我，说你想亲自到这里来看我的作品。我估计你要回来了，我非常高兴你能回来看我的作品。

就我而言，我很期待你会从阿旺桥带回来了什么。

我现在大脑一片空白，但是我感受到了一种空虚的痛，因为我根本不清楚你和高更还有其他人的近况。不过我得耐心等待。我这里大概还有十几幅习作，与我弟弟给你看过的，我在今年夏天画的那几幅相比，你可能更喜欢这些画。

在这些画中，有一幅描绘采石场入口的画①，红土上面有一堆堆淡紫色的石块，一如某些日本画作中那样。在涂色和大面积色块区隔上，这幅画与你在阿旺桥的创作有些相关。

我近期的画作中对自我的控制感更强，因为我的健康状况比较稳定，在作画时觉得自己更加坚强。例如，在一幅30号的画布上，我在一块犁田上抹上零星的紫色，作为背景的山岳则一路向右上方的画框边缘处延伸。这样一来，这幅画作里就只见粗糙的田野和岩石，还有角落里的一棵蓟草和干枯杂草，至于人物，画中有一个紫罗兰色中略带黄色的小家伙。我相信，这能向你证明我的能力尚在。

上帝啊！这片广阔无垠的乡间土地太贫瘠了。作画时非常不好打底，特别是当你想要表现这片土地幽密细微的个性时，只把颜色画得大概正确还远远不够，必须要画出普罗旺斯地区土壤的真实质感。为了达到这个目标，我告诉你，必须要继续努力，因为这些必须要捕捉到的特质在自然界中是有点抽象的。打个比方，让烈日和蓝天能更展现出确切的力道至关重要，让干瘪、暗淡的土壤散发出光泽以及隐约的百里香气味也是如此。老伙计，你一定会非常喜欢这里的橄榄树。我今年没有太好的运气画下这些树，但我已经决定再试一次，这是我的本意。在橘色和蓝紫色的大地以及湛蓝的天空下，这些橄榄树呈现出细致的银色。现在，我看某些画家笔下的橄榄树，也包括我自己的，都没能呈现出这种效果。首先，这种银灰色完完全全是科罗的风格，而且迄今为止还没有人画过，而别的一些画家已经成功地画出了苹果树和柳树。

此外，画葡萄园的作品也相对较少，尽管如此，它们仍然是那么的多彩缤纷。所以这里有太多东西可以让我忙个不停。

你知道，我非常遗憾没能亲眼看到那场展览②里的一些东西——一系列世界各地的屋舍，相信这是加尼耶③或者维奥莱·勒·杜克策划的展览。你肯定看过这些展览，关于原始的埃及房屋样式，你能否给我提供一点想法，如果能画一张上了颜色的速写就更好了。我想那一定非常朴素：阳台上有一块长方形区域，但我很想知道那是什么颜色。我在一些文章读到过，说那颜色有蓝、红、黄。

你注意过吗？一定要告诉我！别把波斯人和摩洛哥人弄混了，据说有些细节几乎一样，但那不是真的。

无论如何，对我而言，我所知道的最美妙的建筑，是那种屋顶上长着一层青苔，而且壁炉还被烟熏得黝黑的农舍。所以我很挑剔。我在一本杂志里的插图中看到某些墨西哥老房子的速写，在我眼中也是相当原始而美丽。啊，要是有人能对那些时光如数家珍，并且能画出那些房舍里的主人，那就可能画出如同米勒的作品那般美丽的画作。总之，我们现在确认的每件事，都能在米勒的作品中找到，也许不在色彩，而是在特色、内涵之中——也就是说，是在因为强大的信念而栩栩如生的事物之中。

现在轮到我问你，你要去哪里？

当我在十一月寄出我的秋日画作时，我希望再去看看我的画。如果可能的话，让我知道你从布列塔尼带回来了什么，因为我真的想知道你最满意自己的哪幅作品，之后我会迅速给你回信。

我现在正忙着画一幅大型作品，画的是峡谷④。事实上，这个主题刚好和你寄来的那幅黄色树木的画作相同。图中下方有两块非常坚固的大石头，涓涓溪水从中间穿过，背景则有一片大山挡住溪水行进。这种题材带有一种诱人的忧郁感，而且在狂野的荒野景致中作画也别有一番滋味：你得把画架牢牢地固定在石头中间，以免被强风把所有东西吹得七零八落。

敬启

文森特

【注释】

①凡·高《采石场入口》（*Entrance to a quarry near Saint Remy*）。

②这场展览是指巴黎世界博览会，有一个区域展出的是各个国家的屋舍。

③加尼耶（*Charles Garnier*，1825—1898），法国建筑师。

④凡·高《峡谷》（*Ravine*）。

凡 · 高画作

图001 ‖ 摹米勒《播种者》（*A Sower*）

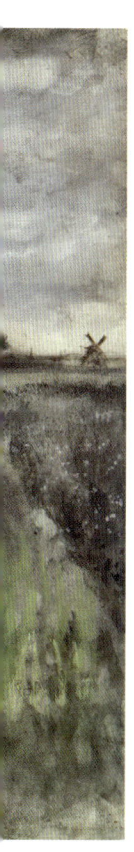

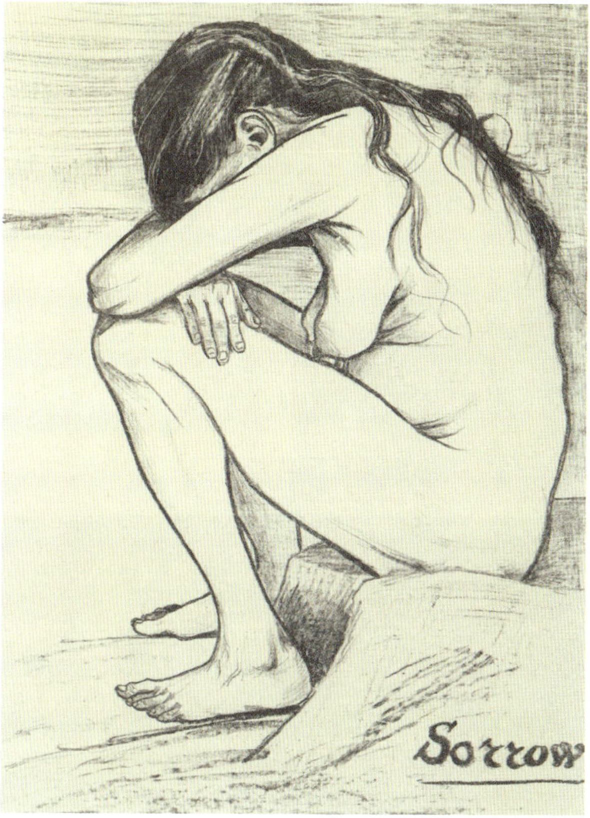

图002 ‖ 左下 ‖ 《挖掘者》（*A Digger*）
图003 ‖ 左上 ‖ 《被削掉树梢的白柳》（*Pollard Willow*）
图004 ‖ 右上 ‖ 《悲伤》（*Sorrow*）

图005 ‖ 左上 ‖ 《别墅与刨地的女人》（Cottage with Woman Digging）

图006 ‖ 左下 ‖ 《吃土豆的人》（The Potato Eaters）

图007 ‖ 右 ‖ 《秋景四树》（Autumn Landscape with Four Trees）

图008 ‖ 左 ‖ 《秋天的白杨大街》（*Avenue of Poplars in Autumn*）

图009 ‖ 中上 ‖ 《关于〈圣经〉的静物》（*Still Life with Bible*）

图010 ‖ 中下 ‖ 《妇女头像》（*Head of a Woman*）

图011 ‖ 右 ‖ 《水手和他的爱人》（*Two Lovers*）

图019 ‖ 左上 ‖ 《佐阿夫兵少尉米勒像》
　　　　　　　（*Portrait of Milliet, Second Lieutenant of the Zouaves*）
图020 ‖ 左下 ‖ 《佐阿夫兵坐姿》（*The Zouave*）
图021 ‖ 右上 ‖ 《吃土豆的人》（习作）（*Potato Eaters*）
图022 ‖ 右下 ‖ 《佐阿夫兵》（*The Zouave*）

图023 ‖ 左上 ‖ 《大干草垛》（*Haystacks in Provence*）
图024 ‖ 左下 ‖ 《女孩肖像》（*La Mousmé*）
图025 ‖ 右上 ‖ 《夜晚的咖啡馆》（*The Night Café*）
图026 ‖ 右下 ‖ 《阿尔勒的黄房子》（*The Yellow House*）

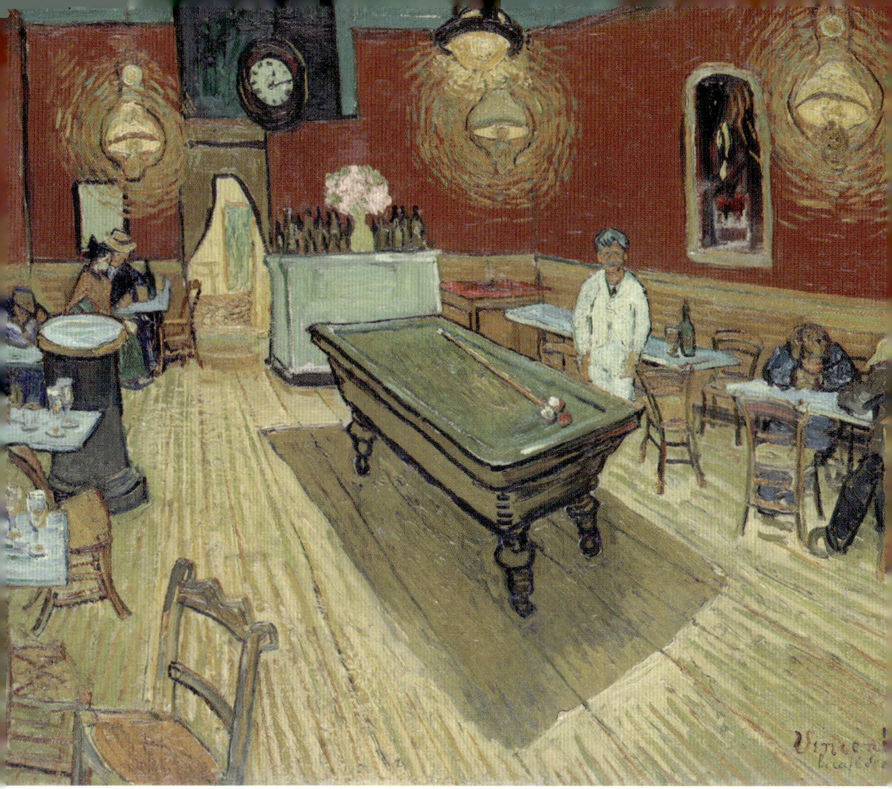

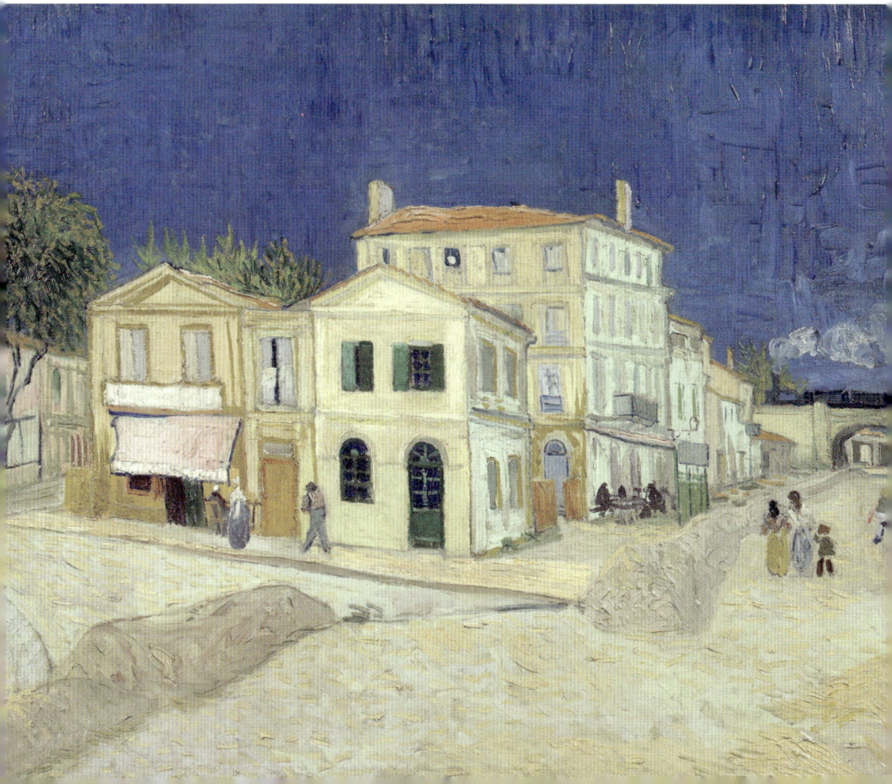

图027 ‖ 左 ‖ 《向日葵》（*Sunflowers*）
图028 ‖ 右上 ‖ 《诗人的花园》（*The Poet's Garden*）
图029 ‖ 右下 ‖ 《诗人》（*The Poet：Portrait of Eugène Boch*）

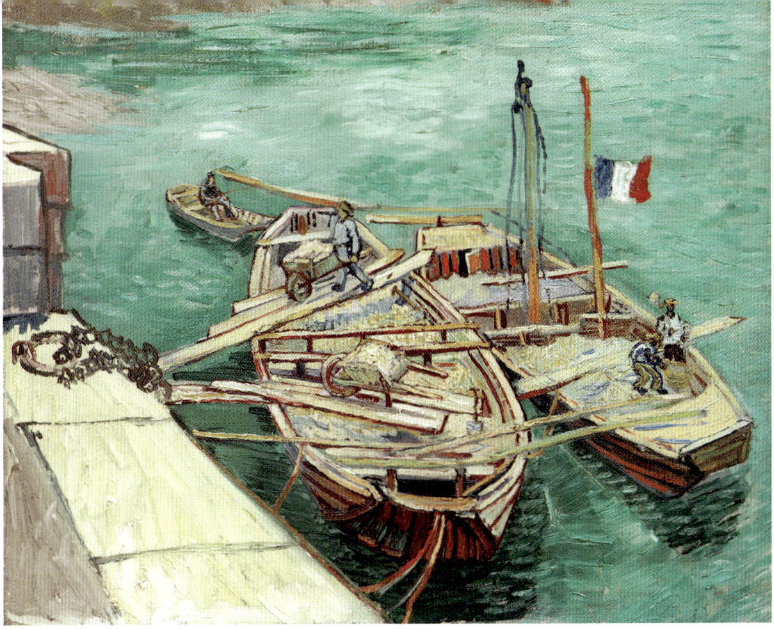

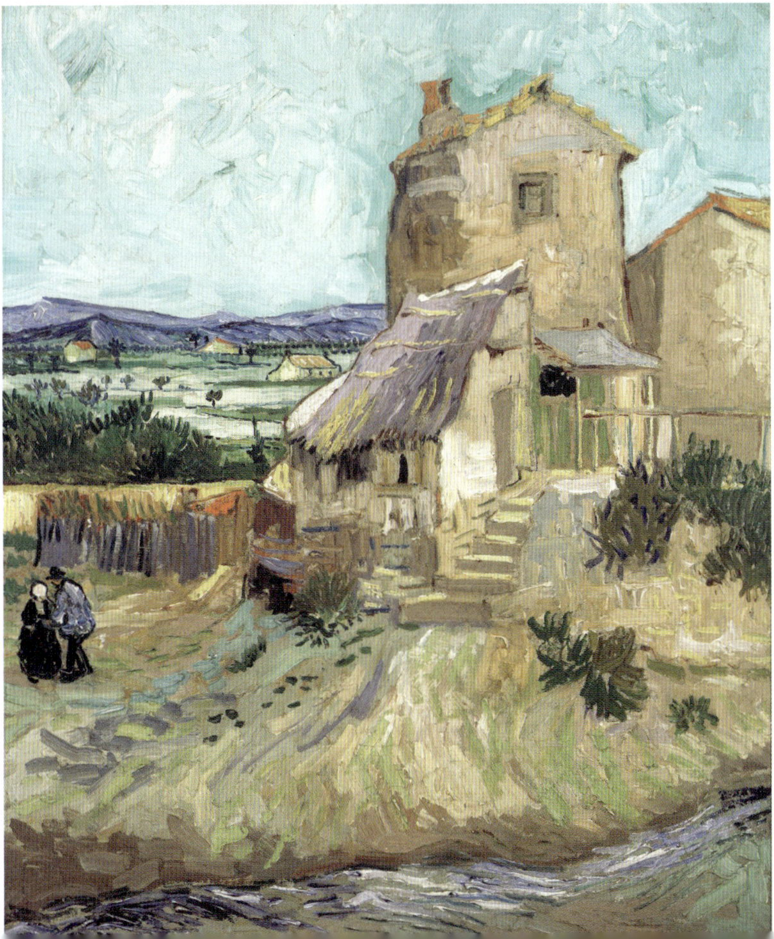

图034 ‖ 左上 ‖ 《星夜》（*Starry Night*）

图035 ‖ 左下 ‖ 《夕阳下的垂柳》（*Pollard Willows with Setting Sun*）

图036 ‖ 右 ‖ 《收割者》（*The Reaper*）

图037 ‖ 右 ‖《加谢医生的画像》（*Portrait of Dr. Gachet*）

图038 ‖ 左上 ‖《约瑟夫·鲁兰肖像》（*Portrait of the Postman Joseph Roulin*）

图039 ‖ 左下 ‖《唐吉老爹像》（*Portrait of Pere Tanguy*）

图044 ‖ 左上 ‖《去往塔拉斯孔的画家》（*Painter on the Road to Tarascon*）
图045 ‖ 左下 ‖《杜比尼的花园》（*Daubigny's Garden*）
图046 ‖ 右 ‖《盛开的桃树》（*Peach Tree in Blossom*）

图047 ‖《星夜》（*Starry Night*）

图048 ‖《耳朵上扎绷带叼烟斗的自画像》（*Self-Portrait with Bandaged Ear and Pipe*）

圣雷米，1889年11月26日

亲爱的贝尔纳：

　　感谢你的来信，特别是你的照片，让我对你的工作有了一定的了解。

　　顺便提一句，我弟弟有一天写信给我，说他非常喜欢这种颜色的和谐搭配，可以在一些肖像上表现出某种高贵的气质。

　　看，在《对牧羊人的崇拜》^①中，这种风景太吸引我了，我不敢妄作评价。不过，出现那样的出生场面似乎不太可能——在路边生产，母亲最先做的不是哺乳而是祈祷，体态臃肿的教会要员，像癫痫病发作一样地跪着，或许上帝知道他们为什么在那里，但我不觉得那有助于健康。

　　因为我崇拜真实，或许，如果我曾经有过精神上的狂热，因此我在米勒的那幅作品前鞠了一躬——画的是农民们抬着一头刚在田地间出生的小牛来到农舍——它是如此强大，以至于让你颤抖。现在，我的朋友——从法国到美国，人们都会有这样的感觉。在那之后，你会为我们重温中世纪的挂毯吗？的确，这是一种真诚的信念吗？不，你可以做得更好，你知道，我们必须要寻找可能的、合乎逻辑的、真实的东西，即使在某种程度上你不得不忘记巴黎的东西——波德莱尔。与他相比，我更喜欢杜米埃。

我看到了天使的形象，非常优雅，哎呀，有一块长着两棵柏树的梯田，大量清新的空气……我很喜欢。但最终，当第一印象逐渐消逝，我不知道这是不是一种神秘感，这些次要的角色就不再向我传达任何的信息。

但这足以让你明白，我很想再看看你的作品，就像高更的画，那些在草地上散步的布列塔尼妇女②，它的布局是如此美丽，它的色彩是如此天真无邪。啊，你是用它来交换某种东西——必须要有人说这个词——某种人为创造、有影响力的东西。

去年，高更告诉我，你画的画差不多就是这样子的。

在草地的前景上，一个穿着蓝白色裙子的年轻女孩儿躺在那里，后面是山毛榉树林边，地上覆满落叶，翠绿的树干垂直于地面。我把头发的颜色想象成是一种色彩缤纷的音符，与白色的衣服相互映衬：如果衣服是白色的，那就是黑色的；如果衣服是蓝色的，那就是橙色的。但无论如何，我对自己说，这是一个再简单不过的主题，他懂得如何在没有任何东西的情况下创造出优雅的感觉。

高更给我讲了另外一个主题，只有三棵树，橙色的叶子对蓝天有一定影响，但仍然能清晰地勾勒出来，很好地分出了对比色和纯色——这真有道理！③

当我与橄榄园中的耶稣的噩梦那幅画作比较时，好吧，这也让我感到难过，我在此再次问你，大声疾呼并且发自肺腑地告诉我你的想法，以便让自己更有个性。

拿着十字架的耶稣是残暴的④。色彩飞溅得是否和谐？但是我不会让你总是停留在这种老生常谈的构图上。

正如你所知，在高更还在阿尔勒时，我是允许自己运用想象来完成一两次创作的，而且我还画了一幅在读小说的黑衣女子的画。我那时候觉得，运用想象作画还挺吸引人的。然而，我亲爱的朋友，那是一座魔幻的国度，我们会突然发现自己正面对着一堵永远无法跨越的墙。当然我并不是说，在耗尽终生努力尝试与大自然比肩的辛苦挣扎后，我们不会冒险试着去幻想，但是我现在无须为此伤脑筋。整整一年，我都困在画出大自然的束缚里，无法思考印象主义，也没有其他想法。

尽管如此，我还是会让自己再试着用想象作画，可是结果还是以失败告终，而且我也已经受够了这样做。

因此，我目前正忙着画橄榄树，试着寻求黄色的土地、灰色的天空以及深绿色的树叶之间的各种搭配效果，或者是黄色天空下的树叶搭配深紫罗兰色的土地，或者是淡绿色加粉红色的天空下的黄红色土地⑤。毕竟，这比前面所说的抽象对我的吸引力更大。

如果我有很长一段时间没给你写信，那就是因为我不得不与病魔做斗争，让自己的头脑冷静下来，我不想进行任何讨论，而且我从这些抽象的概念中察觉到了危险。通过平静、稳定的创作，好的题材自然会冒出来。最重要的是，我要重新沉浸在现实中来强化自己，事先不做任何计划，也不管来自巴黎的任何口号。顺便说一句，我非常不满意自己今年的作品，但是这也许会为我明年的作品奠定一个坚实的基础。我完全沉浸在这山丘和果园的空气中，时间将会显示出这些对我的影响。我现在的雄心，就是可以全身心地画出一抔土、发芽的玉米、一片橄榄园和一棵柏树（对了，这柏树太难画了）。举个例子，你喜欢原始的事物，研究它们，我好奇你为什么不了解乔托。我和高更在蒙彼利埃看到过他的一幅版画，画的是某个圣洁女人的死。那种关于痛苦和狂喜的表达是属于人类的，尽管可能是在19世纪，但你会感觉自己身在其中——相信你就在那里并且存在着，有很多情感分享。如果我看到你真正的油画，我相信它的色彩会让我兴奋。但是当你提到你所画的肖像时，你已经精准地捕捉到了那种感觉。这是件好事，你将有属于你自己的特色。

以下是我对面前这幅画⑥的描述，这个景色是一座精神病院的附属花园，我现在就住在这里：右边是一个灰色的露台，还有一面墙，以及几叶凋零的玫瑰；左边是花园的土地，土壤——红色的赭石——已经被烈日晒得焦黑，而且满覆松针。在花园旁边种了几棵高大的松树，树干和枝丫呈现出一种赭石红的色调，松针叶的绿也因夹杂着一点黑色而显得黯然失色。这些高大的树木在傍晚天空的衬托下格外醒目，在黄色的背景下，天空则带着紫罗兰色的条纹。再往上一点，黄色的阴影逐渐消融变成粉红，接着再转为绿色。有一道同样是赭石红的矮墙挡住了视野，上面只露出一点带着些许紫罗兰色和黄赭色的山丘。第一棵松树树干粗壮，但因为曾被闪电击中而被锯成两半，另一半的树枝仍高高在上，落下一阵阵墨绿色的松针雨。

我们可以把其视作活生生的人——这阴沉的巨人、落败的英雄，与对面那一叶玫瑰、几朵凋零残花的淡淡微笑形成鲜明反差。松树下空空如也的石椅和暗色的黄杨木盒子。阵雨初霁，天空在一洼水里映照出了黄色的倒影。一缕阳光将那暗色调的赭石渲染成了闪耀的橘黄色，阴暗的人影穿梭于树干之间。你能清楚地想象出红赭色、暗灰绿色以及黑色线条共同勾勒出的形体轮廓，这会唤起那时常让我同院病友深陷其中的惊惧感受。更重要的是，那棵被闪电劈开的松树树干，还有那晚秋的花朵开出或绿或粉红的诡异微笑，更增强了这种效果。还有一幅油画描绘的是在一片刚种植的麦地上升起的太阳。画布上方高高隆起了一道道犁沟，通向一道墙以及一排淡紫色的山丘——这是块紫罗兰色加黄绿色的田地[⑦]。耀眼的白日被一圈黄色大光环环绕。与前一幅画相反，我在这幅画里试着表现出一种安详和静谧。

我向你描述这两幅画，尤其是第一幅，是为了提醒你，为了传达出焦虑的印象，我们无须直接带入客西马尼园的历史故事，你可以尝试着画这幅画；而且也无须画出"山上宝训"[⑧]的主要人物，就能画出抚慰和温和的主题。这毫无疑问是明智的！从《圣经》中找寻创作灵感确实是一个好方法，但是现代的真实感已经在我们心中占据一席之地，即便是我们为了唤醒往日的回忆而试着逃离现实，生活中的点点滴滴也仍然会借此折磨我们：我们的特殊经验将再次以个人的欢愉、烦恼、苦痛、气愤等感受，来填满我们的内心。天啊！《圣经》！米勒从小就是接受《圣经》教育的，而且他别无选择，但是他从不、或者说几乎不以真正的《圣经》题材作画。科罗曾经画过在橄榄园中伴着一颗明星的耶稣基督，而且这幅画作的精神确实很崇高。从他的作品中，你能够感受到荷马、维吉尔、埃斯库罗斯和索福克洛斯①的精神，有时也能感受到福音书中的启示，但它是如此的清醒，总是让合理且寻常的现代观点占据着优势。但是你会说，德拉克洛瓦——好的，德拉克洛瓦——但是你应该以一种截然不同的方式学习，是的，在将它们摆在正确的位置前必须要先学习历史。

所以，这是一种挫折，我亲爱的朋友，你的圣经画，有点……很少有人会犯这样的错误，但我敢说，你将会从错误中得到惊人的回报，而人们有时正是因为犯了错误才找到了出路。看，为自己正名，把你的花园原封不动地画出来，或者画任何你喜欢的东西。在任何情况下，寻找什么是杰出的、高贵的肖像，你的习作代表了你的能力，所以不要浪费时间。

要知道怎样将画布分割成这样大而杂乱的平面，要找到对比色的线条和形式，这是一种技巧，你如果愿意，这意味着你正在更彻底地学习你的技艺，这很好。不管我们生活的时代、画坛有多么的可憎，困难多么多，一个排除万难、立志作画的人，也还是应该表现出热情和坚毅。这个社会的确经常让我们度日艰难，这也是我们自身的缺陷和作品不完美的原因所在。我相信高更自己也经历了很大的痛苦，而且无从宣泄，因为他还有很多事情要做。

我自己也苦于没有模特儿可画。但是另一方面，这里还是有许多美丽的风景题材等待我去挖掘。我刚在30号的画布上画了5棵橄榄树。如果我还待在这里，那就是因为我的健康状况有所好转。我所做的事是严酷的、枯燥的，但这是因为我正试图通过相当艰苦的工作来让自己重新振作，并且担心抽象的东西会让自己变得软弱。你看过我那幅描绘矮小的收割者、黄色的玉米田和金色的阳光的作品（图036）吗？虽然我并没有彻底解决问题，但至少处理了画中黄色的大麻烦。我指的用厚涂法直接在自然中画就的那幅画，而并非是用影线画法临摹，因为用后者画出来的效果太弱了。我希望用纯铬黄色来表现。我还有很多事要告诉你——尽管今天我表达的思想内容有点强硬，但在我痊愈前，我担心它过于狂热。向你致意，也向安克坦致意，如果你看到他们，也代我向他们致意。

敬启

文森特

无须告诉你，我为你和你父亲感到遗憾，他反对你和高更一起度过这个季节，高更写信告诉我，由于健康原因，你的服役被延后一年。不管怎样，还是要谢谢你对埃及房屋的描述。总之，我还是很想知道它比寻常家中的一间小屋大还是小。我还在寻找关于特定色彩的信息。

【注释】

①这是贝尔纳近期的画作，凡·高收到的是这幅画的照片。

②贝尔纳声称，这幅画影响了高更。后来凡·高在阿尔勒看到了这幅画，并且复制了一幅。1888年12月，凡·高创作了水彩画《草地上的布列塔尼妇女》。

③高更1888年秋天给贝尔纳的画作《红杨树》（*Red Poplars*）。

④贝尔纳《耶稣遇见他的母亲》（*Christ Meeting His Mother*）。

⑤指凡·高的两幅《橄榄树》（*Olive Grove*）作品。

⑥凡·高《精神病院花园》（*The Garden of the Asylun*）。

⑦凡·高《麦田朝阳》（*The Wheat Field at Sunrise*）。

⑧山上宝训指的是《圣经·马太福音》第五章到第七章里，由耶稣基督在山上所说的话。山上宝训当中最著名的是"八种福气"，这一段话被认为是基督教徒言行的准则。

⑨荷马、维吉尔（*Virgil*）、埃斯库罗斯（*Aeschylus*）和索福克洛斯（*Sophocles*）都是希腊时代的诗人或剧作家。

奥维

1890.5—1890.7

奥维，1890年6月17日

亲爱的保罗·高更:

　　非常感谢你再次给我写信。我亲爱的朋友，你一定要知道，自从我回来后，每天都在想念你。我在巴黎只待了三天，巴黎的噪音对我影响太大了，以致我认为回到这个地方的决定是非常明智的，要不是这样，我早就会去看望你了。

　　当你说到《来自阿尔勒的女子》系列肖像画①时，我感到非常愉悦，这完全是你所喜欢的绘画，符合你的喜好。我试着虔诚地忠实于你的作品，然而却仍然可以很自由地通过色彩的方式来解读这幅作品的理性品格以及风格。如果你喜欢，它可以是阿尔勒女子像的综合体。由于这种作品很少见，因此我们可以把这当作是数月以来你和我一起工作的总结。就我而言，为了画它，我又多生了一个月的病。但我也知道，你和其他少数人一定能够理解这幅油画，正如我们所期待的那样。我的朋友加谢医生②在犹豫了两三次之后，终于接受了它们，并且说"简单的就是最难的"。非常好——我想把它制成蚀刻版画。

任何喜欢他的人都可以拥有它。

你也看到过橄榄树吗？与此同时，我用我们这个时代令人心碎的表达方式画了一幅加谢医生的肖像画（图037）。如果你喜欢的话，你在橄榄园中说的关于基督的话虽然不被理解，但无论如何，我还是完全接受你和我弟弟的建议。

我现在仍然在画星空下的柏树，这是最后的一次尝试——夜晚的天空，月亮没有散发光辉，纤细的新月还没有从地球投射的阴影中露出来，一颗星星在空中闪耀。如果你喜欢，深蓝色天空中，可以呈现出玫瑰色和绿色的柔和光辉，在那里，有一些云彩匆匆而过。画的下面，路旁是高挑的黄色藤条，在这些蓝色岩石的后面，是有着黄色窗户的旧式旅馆，还有一棵非常高的柏树，非常直，也非常阴郁。

在路上，有一辆黄色的运货马车和一匹白马，还有两个迟到的旅人。如果你喜欢，这会非常浪漫，我想普罗旺斯也不过如此。

我可能会把这做成蚀刻版画，至于其他的风景、主题以及普罗旺斯的记忆，我会在经过深思熟虑和慎重的绘制之后，给你一幅画作为完整的总结。我弟弟说，继蒙蒂塞利后做平版印刷的那个洛泽，很喜欢那个有争议的阿尔勒女子头像。

当你到巴黎的时候就会明白，因为没有看到你的油画，我有一点困惑。但是我希望可以尽快回去几天。我很高兴从你的信中得知，你和德·哈恩一起回到了布列塔尼。如果你允许，我可能会到那里与你生活一个月，画一两幅海景画，主要是为了再次见到你，并且认识一下德·哈恩。然后我们就要做一些目的明确且严肃的事情，因为如果我们能够继续下去的话，那么我们的创作也许会从这里开始。

有个想法或许很适合你，我想画一些关于小麦的作品，但我又无从下笔——现在小麦只有绿色的麦穗——它应该有着蓝色的茎秆、长长的叶子像绿色中略带粉红的丝带，麦穗渐渐开始变黄，上面点缀着灰蒙蒙的粉色花朵——粉红色的草缠绕在麦秆上。

总之，我想在生动且宁静的背景中画一些肖像画。它们有着不同质量的绿色，却有着同样的价值，从而形成一个整体的绿色调，它会让你联想到微风吹拂过耳边的沙沙声响，这并不像色彩那样简单。

敬启

文森特

【注释】

①《来自阿尔勒的女子》系列肖像画是由凡·高的6幅类似画作组成，分别创作于1888年11月（或更晚）以及1890年2月的圣雷米。

②加谢（Paul-Ferdinand Gachet，1828—1909），法国医生，也是一名业余画家。正是他在奥维小镇陪伴着凡·高走完人生的最后几个星期，凡·高为他画了一幅肖像画《加谢医生的画像》（Portrait of Dr. Gachet），是最受后世推荐的凡·高画作之一。